Chris Adel

KAMIKAZE

Novelle

KAMIKAZE

Novelle

Chris Adel

ChrisAdel.com

Chris Adel

IMPRESSUM

ChrisAdel.com

1. Auflage
© Januar 2020
Christian Adelwöhrer
Pfluggasse 9, 1090 Wien

ISBN (eBook): 978-3-903315-10-5

ISBN (Print): 978-3-903315-11-2

Redaktion, Satz und Umschlaggestaltung: Christian Adelwöhrer
Titelbild © Ian Espinosa on Unsplash.com

Lieben heißt leiden.

Für alle leidenden Werthers – nicht springen!

Es geht vorbei!

Chris Adel

SCHWESTERHERZ

„Das Leben vergeht in Dunkelheit; unausgesprochene Worte,

Gebärden, die wir rechtzeitig unterlassen,

Schweigen und Furcht, das ist das Leben, das wahre"

Sándor Márai, aus: Bekenntnisse eines Bürgers

Chris Adel

Es gibt Zeiten im Leben eines Menschen, in denen alles anders ist. Wo die Welt Kopf steht, das Herz zu Stein wird, das Blut so dick wie Sirup fließt und die Gedanken konsequent schrecklich und unmenschlich die Seele peinigen. Es wird ausschließlich gedacht. Angedacht und dann bedenkenlos zerdacht. Dann ist man eine Maschine, eine Fress- und Denkmaschine, ohne Sinn und ohne Ziel. Außer der Tod wäre Sinn und Ziel zugleich. Ich bin, nein, ich muss eine Maschine sein. Ich spüre, fühle nichts mehr. Häufig denke ich an den Tod. Im Traum bin ich schon oft gestorben und anstatt aufzuwachen, in diesem einen Todesmoment, bleibe ich im Schlaf, denn nichts will ich in diesem Augenblick mehr wissen als das Geheimnis des Todes. Tut es weh? Wird es schwarz? Fällt das Bild aus, wird es zu statischem Rauschen, wie bei einem kaputten Fernseher? Werde ich die Wahrheit erfahren, oder führe ich mich dabei nur selbst aufs Glatteis? Im Traum wird es eigentlich immer weiß. Ich sterbe und es wird weiß, ganz überraschend, eigentlich. Für mich ist der Tod weiß, nicht schwarz, also kein Grund zur Angst. Weiß. Die Gedanken bleiben. Zumindest im Traum. Aber wie lange? Immer diese Neugier, als ob es keine anderen Gedanken gäbe! Als ob man als Mensch keine anderen Probleme als das Geheimnis des Todes hätte. Probleme. Eigentlich habe ich keine Probleme. Außer die Einsamkeit, aber sie ist auch, wenn man sich einmal damit abgefunden hat, nicht zu sehr bedrückend. Leicht wird sie niemals, aber der Druck lässt nach. Langsam, wie die Luft schleichend aus einem Reifen entweicht, bis der Widerstand mit der Erde mühselig, unangenehm wird.

So oder so ähnlich dachte ich immer im Halbschlaf, wenn ich so vor mich hindöste, wissend, gleich diesen wunderbaren Dämmerzustand unterbrechen zu müssen, um dem Tagwerk nachzugehen, das mir immer über den Tag half. Dämmerzustand, Tagwerk, Rausch. Das waren die tagtäglichen Verhältnisse, die mich von Sonnenuntergang zu Sonnenaufgang retteten, beziehungsweise von Sonnenaufgang zu Sonnenuntergang vor der bösen Gedankenwelt, die einen immer in die Finsternis stürzt, beschützten. Wenn es dunkel wird, brechen die Gedanken herein, wie Heuschreckenschwärme und sie zerfressen einen bis auf die Knochen. Dann kann nur mehr Feuer helfen, Feuer und Rausch. Eine Flasche. Oder mehr, bis die Gedankenheuschrecken schlafen. Bleibt man nüchtern, verliert man den Verstand. Alles wird wild und konfus, die Erde dreht sich und mir wird schwindlig. Man taumelt nur mehr von A nach B, während man sich den Stillstand wünscht, die Gelassenheit, das göttliche Phlegma des Depressiven auf Antidepressiva.

Es klopfte an der Tür. Ich wuchtete mich hoch wie einen schweren Sack und öffnete. Nackt und darauf scheißend, dass ich nackt war.

Eine Nachbarin blickte mich mit riesigen Augen an und meinte, sie wolle sich Zucker ausborgen, doch dann fügte sie hinzu, dass ich es wohl wäre, der Zucker benötigte. Ich dachte schon, sie wollte zugreifen, oder an mir vorbei in meine Wohnung eindringen, doch mein regungsloser Blick, meine starre Mimik, hielt sie wie ein Schutzschild, wie eine unangenehme Aura, davon ab und sie drehte sich um und ging ohne ein weiteres Wort fort.

Ich schlurfte verschlafen in die Küche, trank einen Schluck Wasser, das mir über das Kinn auf meinen nackten Körper tropfte, und ihn so ein wenig wachküsste.

Wieder im Bett döste ich scheinbar endlos vor mich hin, wie erschlagen und unfähig, mich zu rühren. Doch ich hatte heute viel zu tun. Zuerst das Wichtigste, und ich wäre nicht ernsthaft aufgestanden, bevor das nicht erledigt war: der Rausch. Nüchtern am Wochenende aufzustehen wäre eine Unzumutbarkeit, eine Unverschämtheit meiner ureigensten Hölle gegenüber. Und es war dringend, denn der Schnaps von gestern verlor langsam, aber sicher seine Wirkung und nicht nur die Sonne brach in mein Zimmer. Nüchternheit wagte sich einen Schritt herein, in mich, hinaus, in die Welt, die mir schon lange nichts mehr bedeutete.

Mein Herz war kein Muskel, sondern ein Knochen, der gebrochen war.

Viele Jahre, bevor wir einander nähergekommen waren, trafen wir uns zum ersten Mal, aus einer unmöglichen Bekanntschaft unserer Eltern heraus, zu Weihnachten, bei einem Familientreffen. Wir waren die Früchte unseres Vaters, mit verschiedenen Müttern, die jeweils von unterschiedlichen

Planeten kamen und die uns in ihre jeweilige Welt zogen – zwei Welten, die unterschiedlicher nicht sein konnten. Unser Vater wählte die einfachere, finanziell abgesicherte.

Jetzt, viele Jahre später, kann ich ihm, trotz allem, keinen Vorwurf machen – ich hätte wohl dasselbe getan, obwohl es mich damals sehr geschmerzt hatte, dass er mich und meine Mutter verlassen hatte, um bei dir und deiner Mutter zu leben. Ich hatte so viel geweint. Aber als ich dann öfters bei dir gewesen war, wollte ich ja auch bleiben. Meine arme Mutter! Sie musste vor Eifersucht tausend Tode gestorben sein.

Ich war noch jung gewesen und du warst mir viele Monde voraus. *Viele Monde*, das waren deine sonderbaren Worte, doch es war niemals wahr gewesen. Vielleicht einen Halbmond voraus. Nicht mehr.

Du sagtest, wir wären zu verschieden, kämen nicht nur von unterschiedlichen Familien, sondern auch von verschiedenen Planeten und Zeiten.

Ich schrie *Unsinn!* Und du widersprachst mir-

Du widersprachst mir mein ganzes Leben lang, wenn nicht mit Worten, dann mit Zärtlichkeit, wenn nicht mit Zärtlichkeit, dann mit Grausamkeit. Du sagtest, eines Tages werde ich verstehen, eines Tages wird sich alles von selbst auflösen. Ich weinte, denn ich konnte deine erbarmungslosen Worte nicht ertragen. Und ich verstehe noch heute nicht. Ich lachte auf – du dachtest, ich wäre verrückt geworden! –, denn ich wusste, du hattest Unrecht.

Du wirst es schon sehen!, schrie ich hysterisch, doch du bist ruhig geblieben und sagtest, du wolltest mich niemals wiedersehen.

Schließlich haben wir beide Recht gehabt und ich wünschte mir, ich hätte auf dich gehört.

Oder schlimmer: ich hätte dich niemals kennengelernt!

Oder besser: *ich* wäre niemals geboren worden!

Im Vorhinein gibt es immer Hoffnung und gute Vorsätze, im Nachhinein ist man immer zerstört, in der Finsternis. Aber gescheiter. Diese Klugheit hilft aber nur selten, sie versperrt für gewöhnlich alles, das wieder glücklich machen könnte. Denn es gibt dann keine Zuversicht mehr. Es gibt auch keine Erwartungen mehr, sondern bestenfalls Befürchtungen. Das Positive vertilgt und ins Negative gewandelt! Und kommt dann doch – unverhofft – wieder Positives, nimmt man einen Vorschlaghammer und zerschlägt es zu Brei.

Der sanfte, konstante Schmerz treibt an die Oberfläche und bricht sodann wie ein Vulkan schlagartig aus. Dann doch lieber nur ein sanftes Erdbeben unter dünnen Bambushütten. Kein goldenes Atlantis, kein himmlisches Jauchzen mehr, nur mehr unterschwellige Freude, die weder glücklich noch zufrieden macht. Aber auch nicht unglücklich, unzufrieden.

Man sagt ja, man soll alle Andenken an einen geliebten Menschen, den man verloren hat, in eine Kiste packen und am Dachboden verstauen, um nicht andauernd an ihn denken zu müssen, um etwas Abstand zu gewinnen. Wie stellen Sie sich das vor? Soll ich mein Gehirn in eine Kiste packen, direkt neben meinen Schwanz? Soll ich ganze Häuser abreißen und die Trümmer wegsperren?

Jede Faser meines Körpers, die du gestreichelt hast, bist du; jeder einzelne Gedanke, den mein Kopf gebärt, bist du; jeder Glanz, der mich trifft, bist du; jedes Staubkorn, das im Licht flackert, bist du; die Erde, auf der du wandelst, bist du; das Wasser, das du trinkst, in welchem du schwimmst, dich wäscht, bist du; jeder Atemzug, der aus deinem in meinen Mund bläst, bist du. Alles bist du, sogar die Sterne, dein Sternzeichen, die Galaxien, die auseinandertreiben und von denen ich dir erzählt habe – alles bist du!

Was bleibt dann noch für mich? Auf welchem Planeten kann ich neu beginnen? Muss ich erst sterben, um wieder glücklich zu werden? Wieso stirbst du nicht?

Nein, unser Kind braucht jemanden, der zumindest noch leben *will*.

Oft frage ich mich, wieso ich nicht meine Sachen packe und einfach weggehe. Irgendwohin. Zum Flughafen, ins nächste Flugzeug und weg. Dort dann ins Hotel und Abendessen. Mich betrinken und schlafen. Vielleicht andere Menschen treffen? Mich mit ihnen austauschen, ihnen die Wahrheit sagen, ihnen meine Wahrheit aufdrängen, sie so oft in die Gesichter der verdutzten Ausländer schieben, bis ich von ihr befreit bin. Bis sie alle den Verstand verloren haben und ich meinen zurückerhalten habe. Ich stellte mir eine Welt voller Verrückter vor, und ich wäre der einzig Normale – ja, ich hatte genug Wahnsinn für alle!

Dann dort, wo immer ich gelandet war, ein neues Leben anfangen! Arbeit suchen, eine Freundin finden und alles von vorne beginnen lassen, wie es alle zu jeder Zeit schon durchexerziert haben, zu diesem Zeitpunkt und in alle Zukunft. Aber wieso ich nicht? Wieso kann ich mich nicht erheben? Ich habe doch schon alles verloren! Es wäre nur ein Schritt aus meiner Wohnung, ein Schnitt aus meinem Leben und jenseits des Weges zur Arbeit!

Einen Schritt aus meiner Wohnung heraus, und, zum Bespiel, in den Supermarkt, ertrage ich nur im Rausch. Die ekelhaften Fratzen, die verwelkten Gesichter, der Gestank aus den Mäulern, die dummen Worte, die ihnen aus Scham entkommen, weil es ihnen in dem Moment eigenartig vorkommt, nichts zu sagen. Dabei wäre die Welt eine viel angenehmere, hielten sie genau in so einem Moment die Fresse. Aber sie halten sie nicht und verpesten vorsätzlich die Gemüter mit ihrer Dummheit, so wie ich vorsätzlich meinen Körper mit Drogen, Alkohol und Psychopharmaka vergifte. Nicht, weil ich will. Weil ich muss!

Los komm, sich töten macht keinen Sinn!

Genauso wie leben! Da kann man genauso gut leben. Was erleben! Essen, ficken, reden. Sich über die anderen lustig machen. Lachen, nicht mehr weinen. Zumindest ins Museum gehen und sich inspirieren lassen. Ins Kino, Theater!

Allein der Gedanke daran verursacht mir Brechreiz. Zumindest nüchtern. Ich sollte noch einmal daran denken, wenn ich berauscht bin. Also gleich. Wenn ich überlege, wie lange ich nicht mehr gelacht habe – ich könnte es nicht sagen, wann das letzte Mal gewesen war. Aber ich kann auch nicht sagen, wann ich das letzte Mal nüchtern gewesen war, also hat das nichts zu bedeuten.

Es klopfte an der Tür und ich dachte zuerst, es sei wieder die bescheuerte Nachbarin, die mir Zucker brächte, doch mein Freund Jacques stand vor der Tür und trat wortlos ein – ich hatte vergessen, dass ich ihn eigentlich erwartete.

Ein Inkubus, mit wilden Haaren, harten Augen und flüssiger Gestik. Ich zog mir etwas an, während er mir zehn seiner Joints überließ. Ich rauchte sofort einen an. Wir saßen dann wortlos auf der Couch und rauchten und die Welt drehte sich langsamer und leiser und das Innere wollte nach außen. Das Herz wurde zum Mittelpunkt des Universums.

Jacques sagte, es wäre ihm egal, wenn ich heute Abend keine Zeit hätte, denn er bliebe wahrscheinlich auch zu Hause und ich hatte keine Ahnung wovon er sprach. Ich fragte auch nicht nach, denn es war mir in diesem Augenblick egal.

Ich lehnte mich zurück, blies den Rauch aus und atmete tief ein. Das Chaos ordnete sich langsam und ich verstand nun alles besser. Die letzten Tage, die letzten Jahre, mein ganzes Leben war nun völlig klar. Ich saß im Auge des Gedankentornados. Aber mir war auch bewusst, dass diese Klarheit bald wieder im nüchternen Chaos verschwinden würde. Man müsste sich, so wie sich manche Frauen Hormone im Oberarm fein dosiert und konstant in den Körper pumpten, stattdessen THC langsam, aber dauerhaft zuführen. Das wäre schön, wie auf Wolken würde man leben, nur mehr breit grinsen und glücklich sein. Und wenn sich der Körper gewöhnt hat, die Dosis erhöhen!

Jacques redete selten, und wenn, dann meistens Französisch oder unsinnig. Er saß nur da und rauchte und genoss, oder litt, ich wusste es nicht genau, denn er sprach immer nur neutral, nie verärgert, nie fröhlich. Lang und dünn, mit blonden Haaren, die komplette Erscheinung wie ein dämonischer Besen, von dichtem Rauch umgeben. Ich dagegen klein und pummelig, von Drogen und schlechter Ernährung gezeichnet. Mit dunklen kurzen Haaren und zerzaustem Bart, meistens mit der Welt im Clinch.

Jacques´ Stille tat mir gut. Heute würde noch genug geredet werden. Ein Mensch, kalt und still, aber ein Mensch. Oder doch ein Dämon? Zumindest eine Seele. Ich war im Moment nicht komplett alleine, das war angenehm.

Nach dem Joint überlegte ich, ob ich mir nicht gleich einen Zweiten genehmigen sollte. Ich entschied mich dagegen. Später wieder, wenn meine Schwester mit dem Schwager zum Mittagessen kam, würde ich es sicher dringender benötigen.

Plötzlich sprach Jacques, ganz unerwartet: *Findest du nicht, dass die Obdachlosen und Sterbepatienten und Heroinsüchtigen, alle, die nicht mehr aufstehen wollen – findest du nicht, dass sie alle zusammengetrieben und füsiliert gehörten?*

Ich überlegte, ohne ihn anzusehen, was er damit sagen wollte. Dachte er, ich hätte den Lebenswillen verloren und wollte mich so wachrütteln? Diese verstörende Frage klebte auf mir wie sommerliche Schwüle und ich fühlte mich unbehaglich. Wollte er mich an die Wand stellen und erschießen? Ich dachte an Dostojewski. Ich wusste nicht viel über Literatur, aber dass er eine Exekution überlebte hatte, hatte ich erst kürzlich gelesen. Letztendlich hatte er sein Leben sinnvoll genutzt. Wie konnte ich mein Leben sinnvoll nutzen? Arbeiten? Glücklich werden? Wie denn? Und wo? Gab es das überhaupt, glücklich sein? War Dostojewski glücklich gewesen? War Jacques glücklich? Ich wusste quasi nichts über ihn, fragte aber auch selten nach. Der Tag würde kommen, an dem er mir seine Geschichte anvertrauen würde.

Ich antwortete nicht auf seine Frage.

Jacques stand auf, salutierte spaßeshalber, verließ meine Wohnung und ich wusste, ich würde ihn heute wiedersehen. Ich sah ihn meistens wieder, auch wenn ich mich oft danach nicht mehr erinnern konnte. Dann klopft es mitten in der Nacht und er holt eine Flasche Rum und einen ganzen Beutel voll Marihuana aus seinem Mantel und wir sitzen nur da und kiffen und saufen und ich fragte mich jedes Mal, wie ich denn am Morgen meiner Arbeit nachgehen sollte – und wenn der Zeitpunkt dann da war, pumpte ich mich mit Koffein voll, duschte, putzte mir die Zähne und zog mich an, aß übermäßig viel und ging wie auf Wolken zur Arbeit. Und am Nachmittag war ich dann quasi nüchtern, aber nicht wirklich und keineswegs müde. Die stetige Angst, meiner Arbeit nicht nachgehen zu können, das heißt, meine Arbeit zu verlieren, trieb mich unaufhaltsam an. Meine Arbeit war die Basis für mein Leben und für meinen Rausch. Ohne meine Arbeit blieb mir nicht mehr viel.

Nachdem Jacques meine Wohnung verlassen hatte, zog ich mir doch noch einen Joint rein. Ich hatte noch genug Zeit, um einzukaufen und zu kochen, denn es war noch nicht einmal zehn Uhr vormittags. Einkaufen und Kochen, meine Lieblingsbeschäftigungen. Aber nicht unbedingt nüchtern. Im Rausch scheinen die Farben des Gemüses und der Duft des gebrutzelten Fleisches so appetitlich – nur der Geschmack war dann letztendlich egal, denn mein Hunger, nein, meine Gier, war dann schon so groß, dass ich alles wie ein hungriger Tiger verschlang und mich sogleich hinlegte.

Wenn ich dann so vor mich hindöste, obwohl ich eigentlich gar nicht schlafen wollte, dachte ich an Penicillin, denn ich bin allergisch auf Penicillin und verabreichte mir durch Zufall ein Arzt Penicillin, würde ich sogleich sterben. Somit bin ich manchmal, wenn ich so im Halbtaumel vor mich hin sinniere und eigentlich gar nicht schlafen will, voller Angst und Adrenalin vor dem Tod. Penicillin und Adrenalin, das eine tötet, das andere hält mich wach und beschützt mich. Meine so spontane

Angst vor dem Tod erschreckt mich dann und ich schäme mich dafür, wo ich mir doch jede Sekunde meines wachen Lebens einzureden versuche, dass der Tod eine Erlösung wäre. Mich von allen Schmerzen befreien, wie es die Drogen tun. Nur nachhaltiger.

Ich hatte meine Schwester seit Jahren nicht mehr gesehen oder gehört, dabei waren wir uns einmal sehr nahe gewesen. Jetzt hatte sie ein Kind und war schwanger mit einem zweiten. Ich liebte meine Schwester, aber ich wollte sie nicht sehen. Zu viele Schmerzen aus der Vergangenheit, die einen aufwühlten, die mich dorthin gebracht haben, wo ich heute war: allein und froh darüber, keine bestimmte Zukunft erwartend, und am liebsten auch niemals eine Vergangenheit gehabt.

Es gab wohl wenige Menschen, die sich Alzheimer wünschten. Mein Leben wäre dann erträglicher, die Schmerzen getilgt, der Rausch sinnlos und mein Leben wieder lebenswert gewesen. Dabei war ja gar nichts Schlimmes passiert, nichts, was nicht schon jedem einmal passiert wäre. Eigentlich gar nichts Arges und erzählte ich es, man lachte mich aus und täte mich als Spinner ab. Aber selbst jetzt, viele Jahre danach, ist es immer noch schwer. Wie ich diese Zeit aushalten konnte, ist mir noch immer ein Rätsel. Letztendlich hatte ich es ja nicht ausgehalten. Was sollte ich einkaufen, was kochen? Dem Schwager wird es egal sein, der frisst sowieso alles, dachte ich, doch meine Schwester war Vegetarier. Trotzdem war sie weder dünn noch gesund. Der Schwager war bierbäuchig und kräftig, die Schwester hatte immer krank ausgesehen. Jetzt war sie ja schwanger, etwas Nahrhaftes müsste es sein, ein Eintopf, mit Erdäpfel und Zucchini und ich überlegte so, was ich einkaufen sollte, als es wieder an der Tür klopfte.

Es war wieder die Nachbarin und sie bat mich wieder etwas kleinlaut – und diesmal angezogen – um Zucker, denn niemand, erklärte sie unnötigerweise, hatte ihr geöffnet und sie bräuchte dringend Zucker für ihren Pflaumenkuchen. Ich gab ihr den gottverdammten Zucker und schmiss die Tür zu, um subtil anzudeuten, dass sie mich heute nicht mehr stören sollte. Ich nahm den letzten Zug von meinem Joint, dämpfte ihn aus und zog mich fertig an.

Meine Hände zitterten, meine Gedanken waren ganz klar, mein Geist entspannt.

Ich lächelte sogar.

Die Drogen wirkten also.

Komm zu mir oder bleib wo du bist. Sag mir, dass du mich liebst, oder halt ganz die Schnauze. Alles dazwischen ertrage ich nicht mehr! Wie heiße Nadeln sind die Erinnerungsstiche, die versuchen, mich zu einem Ende zu bewegen. Dann hast du gewonnen, auch wenn es dir nicht ums Gewinnen geht. Du willst wieder aufatmen können, dich von meiner bedrückenden Existenz befreien! Ich bin bedrückend! Meine Liebe ist bedrückend! Meine Fürsorge ist bedrückend! Meine Worte sind bedrückend! Dabei will doch jeder mit wohligen Worten liebend umsorgt werden! Ein Irrtum, wie sich herausstellt.

Oder kein Irrtum, es muss nur von der richtigen Person geschehen, dann ist alles gut. Ich bin nicht gut, ich bedrücke, beschwöre einen Ekel herauf, der sich schon körperlich manifestiert hat. Ich bringe dich zum Speiben, wie du meinst. Das tut weh. Das ist jetzt.

Früher war es anders. Alles fließt, auch die Gefühle, nein: *besonders* die Gefühle werden mit dem Strom der Vergänglichkeit ins Leere gespült.

Als wir, beide älter, aber immer noch unerfahren, uns wieder begegnet waren, sagtest du, wir hätten nichts gemeinsam. Nichts, aber rein gar nichts, hattest du wiederholt. Überhaupt gar nichts. Doch wollten wir uns wiedersehen. Wir spürten es beide. Wir wussten nicht, was es war. Noch nicht, das merkten wir erst, als es zu spät war und wir zuerst vom gleißenden Licht der Liebe erblindet dem Himmel entgegengelaufen und schließlich wie gefallene Engel in die Hölle niedergestürzt waren.

Aber nun hatten wir beschlossen, diese unbestimmte, geheimnisvolle Anziehung zu genießen, zu erforschen, sie in etwas Schönes, Traumhaftes zu verwandeln.

Die Basis aller Naivität: Was kann denn schon passieren? Wieso gibt es denn niemanden, der einen warnt, der sagt, dass man nicht unbedacht mit seinem Herzen spielen sollte? Dass man aufpassen müsse, da die Konsequenzen furchtbar waren! Schlimmer als körperliche Verstümmelung! Dass geistige Beeinträchtigung die Folge sein konnte! Wieso lernt man es nicht in der Schule neben der Grammatik und Arithmetik, dass man vorsichtig mit der Liebe umgehen muss, wie mit einem Neugeborenen, wie mit einer zerbrechlichen Porzellanschale? Wieso liest man nicht schon ganz früh *Die Leiden des jungen Werther* und bespricht den Inhalt bis ins kleinste Detail und zeigt die möglichen Folgen mit hässlichen Fotos auf, so wie man es zuweilen mit Geschlechtskrankheiten tut, um ja ein Kondom zu tragen! Um ja seine Genitalien vor Infektion zu schützen! Wieso gibt es nicht ein Unterrichtsfach *Einführung in die Gefühlswelt*, wo einem das Wichtigste erklärt wird, man nicht über Sex, sondern über seine Gefühle und Ohnmacht unterrichtet wird. Warum gibt es nicht einen Martin Luther der Liebe, der sich von der Pornographie abspaltet und uns darüber aufklärt, dass man ganz vorsichtig sein muss, ein Präservativ zu tragen hatte – ein Gefühlspräservativ zum Schutz vor der wahnsinnig machenden Liebe! Aber wer trägt schon beim Sex ein Kondom, wer passt schon bei einem Rendezvous auf: man nimmt die Infektion für die sogenannte Gefühlsechtheit gerne in Kauf. AIDS, Schwangerschaft, Wahnsinn – das sind Gedanken, die einem in der Hitze des Gefechtes kaum kommen.

Und so, wie einfache Kinder, die mit der Flamme spielten und einen Wald in Brand setzten, so wurden unsere Herzen Fackeln, flackerten lichterloh! Alles rundherum fing Feuer. Nichts könnte uns aufhalten, wie wir damals dachten und uns dabei irrten.

Ein Jenseits wurde ausgeträumt, das Diesseits ein Albtraum, im Wachen, wie im leblosen Zustand. Mich als ausgebrannten, verkohlten Leichnam zu sehen, ist das treffendste Bild, das ich bieten kann.

Ich schwebte in den Supermarkt, über die Menschen hinweg zum Gemüse und erhaschte wunderbare Herztomaten und wild gewucherte Melanzani (sie hatten gerade keine Zucchini). Dann glitt ich zu den Erbsen und Karottennasen und hatte einen Heidenspaß beim Zerpflücken der Salate. Ich lachte und lachte und wusste nicht wohin mit so viel Spaß und als ich das Fleisch beschaute, biss ich voller Genuss hinein. *Fleiiiiiiiiiiiisch!*, ging es mir wie einem wild gewordenen Raubtier durch den Kopf und ich lachte laut schreiend auf. Dann trank ich ein Joghurt und stellte den halbleeren Becher zurück ins Regal, wobei er umfiel und sich über diverse Waren ergoss – das Joghurt tropfte vom runden Gouda wie Sperma von den Titten einer Pornodarstellerin. Ich jubelte triumphierend!

Der Manager des Supermarktes kam auf mich zu, packte mich und wollte mich nach draußen schieben, doch ich wehrte mich, riss mich los und lief mit meinem Beutel voller Supermarktwaren nach Hause, wo ich mich verschanzte. Ich zog die Vorhänge zu und versteckte mich unterm Bett, wo ich sogleich einschlief.

Ein lautes Hämmern an der Tür zerriss meinen leichten Schlaf. Ich stand leise auf, blickte durch den Spion und erkannte den Supermarktleiter. Ich öffnete mein Portemonnaie, nahm einen Bündel Geldscheine – wahrscheinlich das Vielfache von dem, was der Einkauf tatsächlich gekostet hätte – und stopfte es durch den Briefschlitz nach draußen. Der Manager klopfte und schrie, dass ich öffnen sollte, doch als er das Geld erblickte, wurde er ruhig, bückte sich nach den Scheinen und machte sich davon. Es funktionierte jedes Mal.

Ich sammelte den Einkauf vom Boden und stopfte alles in den Kühlschrank.

Noch eine Stunde, bevor meine Schwester und der Schwager bei mir antanzten.

Bei diesen Gedanken schnürte sich mir die Kehle zu und ich entspannte sie wieder mit einem weiteren Joint, den ich mir bei offenem Fenster genehmigte.

Eine Biene wollte ins Zimmer fliegen, doch ich fuchtelte so lange, bis sie wieder davonflog. Aber sie gab nicht auf und kam zurück, die Stechimme im Kampfmodus. Ich schloss das Fenster und ließ die Biene Biene sein – sie suchte emsig das Fenster nach einem Schlupfloch ab.

Die Müdigkeit überwältigte mich beinahe, ich kämpfte dagegen an.

Das Fenster wurde weiter und breiter, das Glas begann sich zu biegen. Die Biene gab nicht auf.

Die Leere lud mich zum Springen ein. Ich blickte hinunter und fragte mich, ob ich überlebte, wenn ich auf jemandem landen würde. Angenommen ich springe, töte jemanden und überlebe selbst dabei – nein, das Risiko war zu groß, man müsste auf den Abend warten, wenn weniger Menschen unterwegs waren.

Warten wir einmal ab, dachte ich leichtfertig.

Die Kampfimme wollte nicht aufgeben.

Unsere Eltern hatten uns mit allen Mitteln dazu gezwungen, voneinander zu lassen.

Man würde uns einsperren, haben sie gesagt. Wir würden dafür in die Hölle kommen, schrien sie uns an.

Meine Mutter zog schließlich mit mir weg und wir verloren uns wieder aus den Augen. Aber im Universum gibt es Anomalien, die zwei Seelen immer und immer wieder zusammenführen, egal, was man dagegen auch unternimmt, solange, bis sich ihre Halos ineinander verfangen und nicht mehr ohne radikale Maßnahmen auseinandergebracht werden können.

Aufgrund eines unglaublichen Zufalls geschah es auch, dass wir einander wiederbegegneten sind: Ich saß in der Straßenbahn, las in Gedanken versunken eine Zeitschrift. Auf einmal eine Notbremsung! – Plötzlich lagst du in meinen Armen! Beide waren wir bestürzt, zitternd aufgebracht über dieses unvorhergesehene Zusammentreffen.

Und wenn sie sagen, dass der Blitz niemals an derselben Stelle zweimal einschlägt, DANN LÜGEN SIE! Sie lügen ja meistens, besonders, wenn sie uns von unserem Glück abzuhalten wollen.

Als ich dich damals nach Hause begleitete, bat ich dich, mir doch den Gefallen zu tun, dich von mir bekochen zu lassen. Aber du sagtest, du ließest das nicht zu und lachtest glücklich auf. Stattdessen wolltest du mich bekochen, alles andere wäre ausgeschlossen. Ich gab mich geschlagen, so wie ich mich immer vor dir geschlagen gegeben habe. Meinen Stolz gab es damals noch nicht, doch hätte ich auch nicht auf ihn gehört, aus Unerfahrenheit, aus Neugier – aus Wollust.

Als ich bei dir ankam, öffnetest du mir die Tür, vollkommen unbekleidet. Es war der erste nackte Frauenkörper, den ich erblickt hatte und ich wollte damit spielen, wie ein Kind mit seinem neuen Spielzeug. Doch du ließest es nicht zu.

Ich durfte nicht nackt sein. Noch nicht.

Getrieben von Begierde biss ich mir die Zunge blutig. Ein Stein fiel in den Seelenbrunnen und schlug erst Jahre später auf, mit einer Wucht, die die Erde in Teile zerhauen hätte.

Ich aß allein, da du niemals zu Abend isst, doch auch ich war nicht besonders hungrig gewesen. Das Essen, scharf und kribblig, nicht nur auf der Zunge, sondern überall. Dann hast du mir das Hemd ausgezogen, mich von hinten umarmt, hast deinen Busen gegen meinen Rücken gedrückt. Du hast mein Gesicht angefasst, als wärest du blind und wolltest mich mit deinen Händen sehen. *Ich will dich spüren*, hast du gesagt. *Ich will dich halten*, hast du mir geflüstert. Ich will dich lieben, hat mir dein Herz gemorst.

DU HAST MIR MIT UNBEDACHTEN WORTEN DEN SCHÄDEL EINGESCHLAGEN!

Ich legte mich zurück und wagte nicht einmal zu glauben, dass es Wirklichkeit war. Vor Glück sprachen wir nicht, leidenschaftlich tranken wir voneinander. Wir erlebten Liebe, nur Gefühl, ohne das Animalische, gaben einander hin, ließen uns fallen und fingen einander wieder auf. Alles war betörend, alles erlösend. Wir naschten von unseren Schmerzen und sie stellten sich als köstlich heraus. Die Haut prickelte wie auf Soda. Die Zungen winselten und wüteten. Wenn du meinen Namen nanntest, war es, als hieltest du mich in deinem Mund, nackt. Gänsehaut über Gänsehaut, Wellen und Wallungen, die im Körperlichen gipfelten. Voneinander, miteinander, durcheinander. Der himmlische Wahnsinn bleckte vor Neid die Zähne, raufte sich die Haare und drohte uns mit Schaum vor dem Mund.

Was davon blieb, war nur ein Traum, den zu träumen ich noch heute Angst habe; was blieb, war weich wie das Wasser, das einen warm umhüllt, aber mit der Zeit auskühlt und man schließlich friert; was blieb, war ein stetiger, schneidender Kummer, dort, wo unser Blut gemeinsam einmündete und Eins wurde.

Doch auch das wird vergehen, wie alles vergeht. Die Schmerzen der Erinnerung sind stärker, töten jedes neue Gefühl ab. Ich wünschte, ich könnte mir nur einen kleinen Funken erhalten!

Alles muss immer gegen einen sein, alles ein Gedankenstrich, ein Minus, ein horizontaler Rammbock ins Auge, durch die Seele.

Ausweichen! – Ich bin zu langsam.

Duck dich! – Ich versuche es ja!

Fick dich! – Leck mich am Arsch!

Leg dich hin und stirb! – Nein, das geht noch nicht!

Dafür habe ich immer noch zu viel Leben in mir.

Ich sprang aus dem Bett und lief in die Küche. Ich kochte Reis, briet frisches Fleisch (für mich und den Schwager) und dünstete buntes Gemüse. Dann presste ich Orangen zu einem köstlichen Saft und verdünnte ihn mit Mineralwasser. Meine Küche dampfte und vibrierte, es zischte und roch wunderbar. Meine Freude wuchs mit dem wunderbaren Ergebnis, das sich in den Töpfen und Pfannen abzeichnete. Mein Herz sprang im Rhythmus der Küche, tanzte dazu wie ein Eingeborenenstamm zu seinen Trommeln. Es spritzte und platschte, Wasser floss, Fett explodierte und Fleisch wand sich in der Pfanne wie ein verwundeter Soldat. Dann der Salat, Tomaten als Blut auf die grüne Welt, ein wilder Planet, von mir zerwirbelt und zerrupft und schließlich mit Dressing getauft und absolutiert. Alles ergab den Sinn eines Gottes, der eine Welt erschuf, komplementierte sich zu einem genialen Ganzen.

Dann klopfte es schon an der Tür. Ich wusch mir die Hände, drehte die Herdplatten ab und richtete Teller und Besteck her.

Es klopfte abermals, doch ich wollte mich noch umziehen und lief ins Schlafzimmer, entledigte mich meiner verdunsteten Kleidung und zog mir etwas Frisches, gut Duftendes an.

Es klopfte abermals, diesmal viel stärker, ich schrie schon *Moment, Moment!* und lief noch ins Bad, um Zähne zu putzen und zu gurgeln. Ich surfte auf einer fantastischen Welle. Dann, als ich im Begriff war, die Tür zu öffnen, brach diese Welle und ein Abgrund tat sich unter mir auf. Mir wurde schwarz vor Augen und ich taumelte und stolperte auf die Tür zu, krachte dagegen und musste mich am Türstock festhalten, um nicht abzustürzen. Ich riss wie ein Wahnsinniger die Tür auf und es war wieder die lästige Nachbarin. Diesmal überreichte sie mir Post, die sie angeblich statt mir erhalten hatte und entschuldigte sich erschrocken für die Störung. Sie war nackt unter ihrem Bademantel, der einen dünnen Spalt ihres Körpers durchblitzen ließ. Ich war verdutzt von diesem unerwarteten Anblick und ich dachte mir, ich sollte sie hier sofort hernehmen, gleich hier am Gang, sie vor Geilheit zum Schreien zu bringen, damit mich in dieser Situation meine Schwester in flagranti erwischen würde. Mich in dieser Position, die Nachbarin wild am Boden es Hausflures fickend, erwischt zu sehen, ließ mich erzittern, denn es war nicht die Unmöglichkeit, sondern die absolute Möglichkeit dieses Vorfalls, die Gewissheit, dass sich die Nachbarin auch hier, sofort, jetzt und hier von mir besteigen lassen würde, die mich aufbrachte, mich zum Rasen brachte. Der Blick der Schwester, den ich mir nicht vorstellen konnte.

Aber was mache ich, wenn es ihr egal wäre?

Was täte ich, wenn sie auflachte und sagte: *Gut für dich, dass du eine Freundin gefunden hast!*

Mein Leben wäre sogleich vorbei, hätte allen Sinn verloren!

Der Bademantel öffnete sich ein Stückchen und brachte noch mehr zum Vorschein: unbehaarte Haut formte mit seinen Lippen einen schmatzenden Kussmund.

Ich schloss wortlos die Tür, glitt zu Boden und ruhte mich aus. Nüchternheit schlug sich durch und ich hasste es.

Ein paar Minuten später klopfte es nochmals und meine Schwester und ihr Mann standen vor der Tür. Mit dickem, schwangerem Bauch und einer Flasche Rotwein in der Hand umarmte sie mich. Der Schwager streckte mir seine schmutzigen Hände entgegen und murmelte etwas Unverständliches. Er hatte einen Sechserpack Bier dabei und bat mich, ihn in den Kühlschrank zu stellen, damit er sich später in Ruhe das Fußballmatch ansehen konnte, während ich Zeit hatte, mit meiner Schwester die letzten Jahre aufzuholen. Ich deckte wortlos den Tisch und servierte die dampfenden Speisen. Keiner sprach.

Ich hatte meine Schwester das letzte Mal vor Jahren gesehen und sie war sichtlich älter geworden. So richtig schön war sie nie gewesen, nun war sie blass und grau, beinahe krank aussehend, und sie zitterte ein wenig. Vielleicht war sie nervös, vielleicht hatte sie eine schlaflose Nacht verbracht. Ihre Augen glänzten trüb wie die der auf Eis gelegten Fische am Naschmarkt. Auf jeden Fall schien es ihr nicht gut zu gehen. Blaue Flecken an ihren Armen, vielleicht vom Spielen mit dem Kind (das bei ihrer Großmutter geblieben war), oder vom Raufen mit der Katze?

Der Schwager machte einen starken und gesunden Eindruck, er schlang in wenigen Minuten hinein, was ich detailverliebt zubereitet hatte. Er rülpste und wischte sich die fettigen Lippen mit seinem tätowierten Arm. Dann öffnete er seine Hose, als wäre er bei sich zu Hause und zeigte seinen kleinen, nackten Bauch. Ich spürte seine Feindschaft, mir war aber nicht klar, warum er mich nicht mochte.

Ahnte er etwas?

Sein lächerlicher Anblick ließ einen diese erdrückende Stille besser ertragen.

Man sagt ja, wenn es plötzlich still wird, dann schwebt ein Engel durch den Raum – nun, bei uns ließ er sich wohl inmitten der gedeckten Tafel nieder und aß mit.

Das Besteck klapperte auf dem Teller, dann endlich, lobte meine Schwester das Essen, meinte, sie hätte schon lange nicht mehr so köstlich gespeist, und ich erinnerte mich nun, dass sie schon damals hochgestochene Ausdrücke geliebt hatte, nicht einfach sagte, ich hätte gut gekocht, sondern eben, dass sie *köstlich gespeist* oder *fabelhaft diniert* hätte, so als wäre sie eine Aristokratin.

Wir waren getrennt voneinander aufgewachsen und unser Vater lebte bei ihrer Stiefmutter, während meine Mutter und Großmutter sich allein um mich gekümmert hatten. Sie war also ein Papakind und ich immer ein Mamakind gewesen. Ihre Stiefmutter hatte uns, meine Mutter und mich, für unwürdig gehalten, weshalb wir in unserer Kindheit kaum Kontakt gehabt hatten. Erst später lernten wir uns so richtig kennen.

Das war lange her, und wir verloren uns wieder aus den Augen, bis sie mich vor einer Woche anrief. Als ich ihre Stimme erkannte, wollte ich sofort wieder auflegen, doch sie flehte mich an, sie anzuhören, und da ich in diesem Moment *stoned* und dementsprechend sensibel war, hörte ich ihr zu und lud sie schließlich zum Mittagessen ein, was ich noch in derselben Sekunde bitter bereut hatte.

Man kann ja seine eigene Schwester nicht wieder ausladen! Schon gar nicht, wenn sie einen so angefleht hatte. Ich war am Telefon noch zu benommen gewesen, um zu verstehen, wovon sie eigentlich sprach, und zu beschämt um zuzugeben, dass ich kein Wort verstanden hatte.

Nun würde sie wohl mit mir darüber sprechen wollen, doch wie sollte gemeinsam mit ihrem Ehemann ein wertvolles Gespräch zustande kommen? Als wäre er des Gedankenlesens mächtig, stand er vom Esstisch auf, ging zum Kühlschrank, nahm sich seinen Sechserpack heraus und setzte sich vor den Fernseher. Ich war wirklich erstaunt, wie schamlos dieser Mann einfach tat, was er wollte, ohne auch nur ein Quäntchen Höflichkeit vorzutäuschen.

Ich deckte den Esstisch ab, warf alles in die Geschirrspülmaschine, meine Schwester öffnete die Flasche Rotwein und schenkte uns ein. Ich hätte so gerne noch ein wenig THC geatmet, den Rauschlevel erhöht, auf der Welle gesurft, denn langsam flaute er ab. Ganz plötzlich ertrug ich ihre bedrückende Anwesenheit nicht mehr und wünschte, sie würden sich in Luft auflösen!

Oder ich würde bewusstlos, so wie ich beinahe zuvor das Bewusstsein verloren hatte – hätte es mir doch eine Menge Ärger erspart.

Gestern hätte ich beinahe verschlafen, doch eine Stimme hatte meinen Namen gerufen und ich bin aufgewacht.

Bist du es gewesen?

Ich kann mich noch erinnern: immer, wenn ich von dir träumte, hast du mir erzählt, dass du an mich gedacht hast, oder ebenfalls von mir geträumt hast. Unsere Bindung ist immens, aber dass wir uns sogar über unsere Träume und Gedanken spürten? Ein romantischer Gedanke! Beieinander liegen, einander wortlos verstehen. Sich gegenseitig mit wunderbaren Ideen füttern, anstatt sich Hirngespinste reinzustopfen. Es wäre eine ideale, berauschende Welt, so ohne Sprache, nur mit Musik und Gedanken, ohne architektonische Matrix, ohne chaotischen Äther.

Nur reine Empfindung.

Diese Gedanken bereut man irgendwann und wünscht sich das Gegenteil, nur mehr das Körperliche, wenn jedes Gefühl zu viel wird. Wenn zu intensiv an den Saiten gezupft wird, wenn man auf einer Psychose hängenbleibt. Und schließlich dem Wahnsinn, der Obsession verfällt und sich selbst und den anderen schadet, kein normales Leben mehr möglich ist. Man sich die Augen ausstechen will, um nicht mehr sehen zu müssen, was einen so schmerzhaft an das Erlebte erinnert! Man letztendlich sein Gehirn betäuben will, um sich nicht mehr erinnern zu müssen: ja, das ist das gottverdammte Leben, das wahre!

Die Biene lag tot am Boden des Balkons.

Es ist schön dich wieder zu sehen, flüsterte sie mir zu, als wir nun an der frischen Luft standen.

Drinnen hörte man den Schwager grölen. Ich trank das Glas Rotwein auf einen Sitz aus. Mich so leer fühlend fiel es mir schwer, ein Gespräch zu beginnen – ich hätte beide am liebsten aus meiner Wohnung expediert. Was bringt es schon, sich seiner Vergangenheit zu stellen, wenn man aus ihr rein gar nichts lernen kann? Sie war jetzt fremd. Nun, das war nicht wahr, doch gerade das versuchte ich mir einzureden, drängte es in die versteckten Gehirnwindungen, um den alten Wahnsinn nicht wieder heraufzubeschwören.

Es hatte Zeiten gegeben, da waren wir uns sehr nahegestanden, waren praktisch unzertrennlich gewesen, doch das ist lange her. Man will sich nicht so recht daran erinnern. Besser nicht, besser man löscht die Daten, legt sich ins Bett und plant für morgen. Das Gedankenmesser geht so oft zum Herz, bis es sticht. Besser, man vergisst das Gestern, das einem die Schmerzen wiederbringt. Das Gestern – mit den wild gewordenen Gedankenmessern, die gnadenlos auf einen einstechen. Man schließt die Augen und versucht, krampfhaft an etwas anderes zu denken. Doch diese fiesen Gedankenmesser brechen immer wieder durch und stechen und stechen, bis man erschöpft zusammenbricht. Oder sich im Rausch auflöst.

Ich musste sehr verzweifelt ausgesehen haben, denn sie streichelte mir plötzlich liebevoll über das Gesicht und küsste mich auf die Wange, dann wandte sie sich ab. Ich merkte, dass sie zitterte, leise weinte. Jetzt sollte ich sie brüderlich in den Arm nehmen. Doch ich tat es nicht – ich wollte mich einfach nicht wieder infizieren.

Das Leben mit dir ist so wahnsinnig schön. Wie eine unwahrscheinliche Illusion, wie man sie aus dem Kino kennt. Überall Blumen und Gemüse, wildes Fleisch und weiche Worte. Flüstern am Abend, animalisches Geschrei am Morgen.
Alles schön eingerichtet, wie aus einem Glück gemeißelt, aus sanfter Liebe geformt.
Jeder ist gegen uns, doch genau das macht uns stark. Die Eltern drohen uns mit der Polizei, doch was können sie schon tun? Wir sind nicht gegen das Gesetz, auch unsere Liebe nicht. Vielleicht unsere Taten, doch das geht sie nichts an, wir tun ja keinem etwas. Sie sollen uns in Ruhe lassen, sonst –.
Meine Mutter hat mir gesagt, was wir tun sei ungehörig. Ich

liebe meine Mutter, aber ich habe ihr gesagt, dass sie mich am Arsch lecken kann.

Meine Großmutter hat mir gesagt, ich solle doch vernünftig sein, doch ich habe sie nur gestreichelt und sie auf die Stirn geküsst. Ich kann niemals etwas Schlechtes gegen sie sagen, auch wenn sie noch so Unrecht hat.

Vater meinte, er bringe uns ins Gefängnis, wenn wir so weitermachten. Es wäre unmöglich, weder vor dem Staat — noch vor der Kirche zu verantworten. Jesus würde uns bestrafen, meinte er, und schickte mich zur Beichte.

Statt zu beichten, soff ich mit dem Pfarrer und kotze dem Vater vor die Haustür.

JESUS KANN MICH MAL!, hab ich ihn angeschrien.

Er schüttelte nur traurig den Kopf und schloss wortlos die Tür.

Seither habe ich nie wieder von ihm gehört.

Die Polizei hat er nicht verständigt.

Du weißt es: manchmal schlägt er mich, meinte sie, abgewandt und ich reagierte darauf nicht, denn ich wusste nicht, ob es tatsächlich wahr war oder sie nur Aufmerksamkeit auf sich ziehen wollte. Ich ahnte die Wahrheit, doch der Hang zur Dramatik und Manipulation war schön früher einer ihrer ausgeprägtesten Charaktereigenschaften gewesen.

Vor dem Fernseher wurde es immer lauter. Ich hörte Glas klirren, ignorierte es aber.

Bald würden sie wieder weg sein und das absonderliche Schauspiel hätte ein Ende, wie ich mir dachte.

Wie geht es dem Kleinen, fragte ich, doch sie antwortete nicht, sondern drehte sich nur um und lächelte herzlich, mit glänzenden Augen. Dann schenkte ich mir nochmals ein und trank alles auf einen Sitz. Dann noch ein Glas. Meine Lippen waren bordeauxrot vom Wein.

Ich wünschte mir, du würdest manchmal anrufen, oder zumindest abheben, wenn ich dich anrufe, sagte sie. *Manchmal wird es wirklich schlimm, da bräuchte ich eine Schulter zum Anlehnen –*

Dafür ist es zu spät!, fiel ich ihr ins Wort. Zu spät.

Alles war zu spät – das verlebte Leben wurde nur zäh wiedergekäut.

Sie wandte sich ab und starrte zur gegenüberliegenden Häuserfront.

Eine Frau hing Wäsche auf, ein alter Mann lehnte am Fensterbrett und beobachtete die Welt.

Ich trank noch ein Glas Rotwein, war aber immer noch nicht betrunken. Zumindest glaubte ich das.

Drinnen begann der Schwager zu singen, Fußballchöre aus dem Fernseher stimmten mit ihm ein, dann trommelte er am Tisch und jubelte. Er versuchte aufzustehen und fiel wieder hin, richtete sich mühsam auf und glitt besoffen die Wand entlang zum Bad. Es dauerte eine Weile, bis er wieder zurücktaumelte und sich auf die Couch fallen ließ. Dann schlief er schnarchend ein.

Ich meinte in ruhigem Ton zu meiner Schwester, sie solle sich doch Fragen, warum ich nicht für sie da sein kann, wieso ich nichts mehr für sie übrighabe.

Sie brach in Tränen aus und hielt sich das Gesicht mit beiden Händen.

Ich trank noch ein Glas Wein – die Flasche war leer und ich öffnete die Nächste.

Es geht nicht mehr, meinte ich und sie verschwand ebenfalls ins Bad, kam nach fünf Minuten wieder und weckte ihren Mann. Dieser erwachte und begann plötzlich mit seiner Frau zu schreien, doch ich verstand nicht – wollte nicht verstehen –, worum es bei ihrem Streit ging. Dann hievte er sich hoch und fiel beinahe mit ihr um, drohte so, sein Ungeborenes zu verletzen. Er schlug ihr ins Gesicht und schrie sie weiter an, zog sie an den Haaren und sie kreischte auf. Es wurde mir zu viel und ich drängte die beiden zur Tür, um sie aus der Wohnung zu werfen. Der Schwager versuchte nun mich zu schlagen, in seinem Zustand fiel es ihm aber schwer. Er taumelte und ging zu Boden und begann hysterisch zu lachen, sang speichelnd seine Fußballlieder. Ich trat ihm in die Seite, damit er aufstand – er lachte nur. Er lachte, doch der Hass stand ihm im Gesicht.

Meine Schwester stand nur da, starrte wie eine Irre, drehte sich um und ging schließlich davon, ließ ihren betrunkenen Gatten zurück. Ich rief ein Taxi für den Schwager, der immer noch am Boden lag und grölte, und ich trat ihm wieder in die Seite, diesmal stärker, und er wurde plötzlich richtig wütend, sprang auf und ging auf mich los, prügelte auf mich ein und nur mit Glück traf ich die sabbernde Mitte seines Gesichts, die sogleich zu bluten begann. Ganz perplex über das viele Blut, hielt er sich die Nase und riss die Augen auf, aus denen Sturm und Donner blitzten.

Das geschieht dir recht – jetzt weißt du, wie es ist zu bluten!

Dann griff ich nach einem Vorschlaghammer und zermalmte ihm den Schädel, der wie eine Orange zerplatzte. Zumindest hätte ich gerne so gesagt und so getan.

In Wahrheit stieß ich den verblüfften Mann zur Wohnung hinaus. Er schmiss sich mehrmals gegen die Tür, hämmerte wie ein Verrückter.

Er schrie, er werde mir den Hals umdrehen! Mich bei der nächsten Gelegenheit am Arsch haben!

Du kommst schon noch in meine Gasse!, tobte er und stolperte schließlich laut fluchend nach unten.

Als der Taxifahrer den Wütenden erblickte, fuhr dieser los, ohne ihn mitzunehmen.

Ich wartete am Balkon, bis der schimpfende Schwager endlich fort war. Ob er zur Polizei ging? Ich bezweifelte es.

Das Feuerzeug gab meinem Joint Feuer. Mit all dem Wein, dachte ich, würde es sicher gut wirken.

Zehn Minuten später schlief ich benommen ein, dabei war es gerade einmal halb zwei Uhr nachmittags.

Etwas Anderes, Neues – und mit mehr Geist – das wünschst du dir. Diese Kritik schmerzt mich. Aber was kann ich tun, um dich zufrieden zu stellen?

Was erwartest du von mir?

Ich arbeite mir die Finger wund, um dir ein wundervolles Leben zu bieten. Ich spare jeden einzelnen Groschen, um uns ein wundervolles Dasein ermöglichen zu können. Doch ist es wohl mein Irrtum: ich soll nicht arbeiten, sondern lesen! Ich soll nicht sparen, sondern ein verficktes Klavier spielen! Du bist weder Balzac, noch bin ich eine gottverdammte chinesische Schneiderin! Woher kommt die Semmel, die du so gerne zum Frühstück isst? Woher kommt der Fruchtsaft, den du literweise reinkübelst? Was soll ich denn tun? Ich kann nicht alles, ich bin nur ein Mensch! Mit Grenzen!

Du sagst, du wärst müde und willst nicht streiten. Läufst vor jedem Disput davon, überlässt es mir, es dir recht zu machen, oder auch nicht.

Ich sage immer, eine Beziehung ist wie ein gemeinsamer Aufstieg auf einen Berg, der hart und beschwerlich ist, aber ist man am Gipfel angekommen, ist es umso schöner, denn man hat es gemeinsam geschafft, sich gegenseitig unterstützt, angefeuert, angehimmelt.

Du sagst, wir passen nicht zueinander, denn ich denke nur an meine Arbeit, habe nichts Geistiges an mir.

Was das heißt, verstehe ich nicht, denn die Wahrheit ist, dass ich nur an dich denke, und wie ich dich glücklich machen kann. Ist das denn nicht *geistig* genug?

Ich erwachte und war noch total verwirrt von den letzten Ereignissen mit meiner Schwester und dem rabiaten Schwager. Die Gewalt hallte in meinem Kopf nach, sie war noch gegenwärtig. Ich trank wieder ein Glas Wein, doch da störte mich etwas, von rechts. Es war so hell draußen, so gleißend hell. Ich schritt auf den Balkon zu. Ich war mir nicht mehr sicher, ob ich nun wach war oder träumte: ein Löwenzahn, gelb und hell leuchtend, schwebte wie ein Heiligenbild, dort, wo noch zu Mittag meine Schwester gestanden hatte. Wie auf einem Luftpolster, auf und ab wiegend und sich im Wind drehend, tanzte dieser leuchtend gelbe Löwenzahn vor mir in der Luft. Darunter lag die tote Biene am Boden.

Ich bekam es mit der Angst zu tun und stolperte rückwärts, zurück in die Wohnung, versperrte den Balkon und ließ die Jalousien herunter.

Am liebsten hätte ich mein gesamtes Apartment schwarz gestrichen, alles, die Stühle, den Boden, die Wände, die Messer und Gabel und Gläser, einfach alles, jedes kleinste Detail. Schwarz, wenn es schwarz ist, hat man seine Ruhe. Weiß blendet, stört sogar bei geschlossenen Augen, brennt richtig, wenn man seine Augen wieder öffnet. Der Maulwurf weiß, was er tut. Am besten alles Schwarz färben.

Als ich so in diesem Medizinbuch schmökerte, das schon seit Monaten vor mir auf dem Couchtisch lag, wurde mir erst so richtig bewusst, dass ich krank war!

Panik überkam mich, Tränen schossen mir plötzlich aus den Augen über die Wangen. Die gefühlten Symptome stimmten mit den erläuterten Worten im Buch überein.

Als ich dann *jammerhaftes Verhalten* las, musste ich laut auflachen, als wäre es ein absurder Witz, aber nur kurz, dann weinte ich wieder, denn ich hatte niemanden, dem ich davon erzählen, der mich herausreißen könnte. Krampfhaft versuchte ich, meinem Leben einen Sinn zu geben. Doch damit schränkte man sich ja schon ein, das heißt, man war nicht mehr frei! Dabei war mir Freiheit das Wichtigste! Ist man nur frei mit einem Sinn im Leben? Gibt es nur Entweder-Oder, Sinn oder Freiheit? Und wenn es der Sinn des Lebens ist, seine Freiheit zu bewahren? Auf diesem Gedanken blieb ich hängen, eine schwindelerregende Gedankenendlosschleife, aus der ich nur mit Hilfe der ursprünglichen Erkenntnis ausbrechen konnte. Die Endlosschleife war zwar weniger deprimierend, doch es bringt ja nichts, endlos im Kreis zu laufen.

Ich dachte plötzlich an meine Eltern, die, als sie in meinem Alter waren, schon seit Jahren verheiratet gewesen waren, eine Familie gegründet hatten, mit Haus und dazugehörigem Haustier, mit guter Arbeit und allem Glück, das man so als junge Familie angeblich empfindet.

Und ich?

Die ganzen Jahre – es gab nicht viel zum Erinnern. Und woran ich mich erinnern konnte, war im Grunde zum Vergessen. Als ob ich das Leben eines anderen gelebt hätte. Alles vergeht. Jetzt. Morgen. Wozu sich daran erinnern? Soll ich ein weiteres Kind bekommen? Doch ein Kind aus einer Einsamkeit heraus geboren, ist wohl der denkbar schlechteste Grund, sich fortzupflanzen. Diesen Fehler – das muss mit aller Eindringlichkeit gesagt werden! – hatten schon meine Eltern begangen.

Ich muss alles vergessen – um zu überleben!

Unsere Liebe trug nun endlich Früchte.

Ich goss diesen Garten schon so lange und endlich sprießt etwas, das so aussehen wird wie wir, nur noch schöner.

Wie glücklich ich bin!

Du sagst, ich vergesse bei meinem Glück auf dich.

Du sagst, du hast Angst vor dem Dickwerden, den Schmerzen, der Verantwortung. Spürst du es denn nicht, dass du nicht allein bist?

Dass du keine Angst haben musst? Selbst die lächerlichsten Menschen gebaren und zogen die besten Menschen auf, manchmal sogar besondere Menschen – Genies.

Du sagst, du willst kein Genie, du willst deine Freiheit, du willst keine Schmerzen!

Sei ganz ruhig, mein Schatz, gemeinsam schaffen wir das. Du brauchst dich nicht zu fürchten, alles wird gut.

Du sagst, du gehst schlafen, du brauchst jetzt deine Ruhe und als ich dich streicheln will, stößt du mich weg.

Die Hormone, denke ich. Diese alles verwüstenden Hormone.

KINDERSPIEL

„Girl you gotta love your man
Girl you gotta love your man

Take him by the hand
Make him understand
The world on you depends
Our life will never end
Gotta love your man"

The Doors, aus dem Lied: Riders on the Storm

Denken. Nachdenken. Nein, ich denke schon lange nicht mehr. Würde ich nachdenken, wäre ich nicht da, wo ich jetzt bin. Hätte ich alles durchdacht, wäre ich ganz woanders, vielleicht sogar glücklich. Aber das hätte ich mir früher überlegen müssen. Denken, bedenken, Konsequenzen durchdenken, im Gedanken abwägen. Ich habe es immer vorgezogen, einfach zu handeln, einfach so. Ich habe mich dabei verrannt, andere verbrannt, bin angestoßen, angeeckt, kompromisslos. Fehler, die man macht, die man bereut und sich schwört, sie nie wieder zu begehen. Doch man wiederholt sie, ohne etwas dagegen tun zu können, eben nicht aus seiner Haut können, einfach ich sein — eben ohne nachzudenken.

Es kam selbst für mich ziemlich plötzlich, diesen Entschluss gefasst zu haben, nämlich mich aus meiner Höhle, aus meinem selbst, wieder einmal herauszutrauen und Kontakt mit den Menschen aufzunehmen.

Ich ging morgens zur Arbeit und ich konnte sie riechen, diese Angst vor dem Versagen, die diese Mitmenschen wie schlechten Atem ausströmten. Dabei machten sie nichts, wobei sie versagen könnten, denn nichts davon war wichtig genug. Sie hängen an dem, was sie haben, trotzdem setzen sie es jede Sekunde aufs Spiel, ungeachtet der Konsequenzen – wohl aus Dummheit, oder aus Langeweile.

Das ist die größte menschliche Schwäche: sich an etwas klammern, es vereinnahmen, sich daran binden und schließlich überdrüssig werden und letztendlich mehr verlieren, als tatsächlich verloren ist.

Ich hatte plötzlich keinen Spaß mehr daran zu wichsen. Meine Joints kratzten im Hals, vom Rotwein bekam ich furchtbare Kopfschmerzen. Nur einen Augenblick der Schwäche, und ich hatte meine Schwester samt Anhang zum Mittagessen eingeladen, wie ich dachte. Nur wenige Sekunden des Unwohlseins und ich rief eine Arbeitskollegin an, von der ich ahnte, dass sie mich vielleicht mag und ich machte ein Treffen mit ihr aus. Alles an einem Tag, man musste ja nicht gleich übertreiben und sich mehr als einen Tag versauen. Das bringt ja nichts.

Es war erst früher Nachmittag und ich hatte es schon bereut, mit Menschen, mit meiner Familie, Kontakt aufgenommen zu haben.

Und hätte ich gewusst, was mich später erwartet, ich hätte den goldenen Zug aus einer Bong genommen und mich schlafen gelegt.

Wenn ich in der Arbeit saß, sprach mich niemand an. Tatsächlich kam man nur in den dringendsten Notfällen zu mir. Mein Boss schickte mir meine Aufträge mit der internen Post und ich bearbeitete sie sogleich. Das war gut, denn so bemerkte niemand meinen Dämmerzustand, meine Umnachtung, den ewigen Rausch. Es gab von keiner Seite Beschwerden und tatsächlich ist es ja heutzutage so, dass kein Feedback gleichzeitig ein gutes Feedback ist, denn wer sagt einem heute schon Nettes, wer bedankt sich bei einem, wer tut einem vom Herzen Gutes? Aber wehe, man vergisst mal etwas oder man ist mit seinen Aufträgen im Rückstand, dann bekommt man was zu hören! Nur nicht soweit kommen lassen, war immer meine Devise gewesen. Immer in Deckung bleiben und ja nicht das Maul aufreißen, zumindest nicht ungefragt, dann lassen sie einen auch schön in Ruhe. Sicher, man wird ausgenutzt, und man wird subtil schikaniert, aber das kann man ignorieren.

Da muss man darüberstehen!

So saß ich und tippte und klickte und bewegte die Maus und trank Kaffee und pisste und aß und tippte und klickte und bewegte die Maus. Tag ein, Tag aus, ohne nachzudenken, automatisch wie eine gut geölte Maschinerie und es tat gut, nicht nachdenken zu müssen, nicht nachdenken zu können, denn dann machte man ja Fehler und Fehler wurden nicht geduldet. Einfach automatisch funktionieren war das Beste, ohne zwischenmenschliche Unterbrechungen, ohne die Frage, was man nach Feierabend wohl anstellen müsse, ohne die Angst vor einer leeren Wohnung, die einen erwartete, nur mit der Gewissheit, dass es nicht schlimmer, aber auch nicht besser kommen könne, dass man es perfekt erwischt hätte, so wie es war.

Man kennt ja, wie es ist, wenn man ganz unten ist und auf einem weiter herumgetrampelt wird.

Man kennt es, wenn man so sehr am Boden zerstört ist, dass man nicht einmal auf Besserung hoffen darf.

Ja, man kennt das Gefühl, wenn man keinen Ausweg mehr weiß, aber trotzdem weitermacht, selbst wenn man keinen Sinn darin sieht.

All das ist zurückgedrängt in die Tiefen des Gehirnkäfigs und wird nur in ganz sensiblen Zeiten herausgelassen, wenn einem der Rotwein die sentimentalen Nieren quetscht, wenn einem die Blase auf die Prostata drückt und man sich seine große Liebe zum Vögeln wünscht. Aber der Käfig war schon lange zu. Jetzt wollte ich ihn wieder einmal aufsperren, sehen was passiert — entweder aus Dummheit.

Oder aus Langeweile.

Ich bewundere so sehr deine Stärke.

Ich wünschte, ich wäre nur halb so stark. Ich weiß, es war nicht leicht für dich, doch es ist ja alles gut gegangen.

Es ist ein gesundes Kind! Ich bin so stolz auf dich!

Dabei habe ich dich ja gequält! Mit meiner Persönlichkeit, wie du sagst. Mit meiner Kälte, der Entfernung, aus der ich wie ein Unbeteiligter zusehe. Dabei hast du nicht das Recht dazu, so etwas zu behaupten, denn ich bin immer da für dich. Direkt neben dir stehe ich.

Du bist es, die sich von mir entfernt! Aber du wirst sehen, es wird alles gut.

Ich lasse dich nicht in Stich! Wenn du wüsstest, wie fern mir das liegt.

Ich gebe alles für euch. Mein Leben!

Ich habe die Kraft, Berge zu versetzen – was sagst du? Du weißt nicht, ob du es noch aushalten kannst? Ob du die Energie hast, mit mir zusammenzubleiben? Ob du meine Kälte noch aushalten kannst?

Rede doch keinen Unsinn! Meine Liebe! Ich bin warm und stark und lebe für euch, nichts anderes gibt es für mich. Es gibt keine Kälte – das bildest du dir nur ein!

Wir passen nicht zusammen, wiederholst du wieder. Und ich kann es immer noch nicht verstehen.

Wenn etwas zusammenpasst, dann sind es wir beide. Wir sind nicht dieselben Menschen, aber wir ergänzen uns perfekt und unser Kind ist der Leim, der uns zusammenhält.

Unser Kind ist der Beweis für unsere Liebe, sage ich. Du meinst, das Kind sei ein Unfall gewesen und hättest es am liebsten abgetrieben: *Wir gehören nicht zusammen, nicht mit und nicht ohne Kind!*

Ich verstehe nichts. Ist denn die Liebe nicht genug? Warum wird es mit jedem Tag schwieriger, und nicht einfacher?

Wir kennen jeden Gedanken, jedes Gefühl, jede Gestik – und doch reißt die Bindung, wie die Nabelschnur unseres Kindes.

Du sagst, wir hatten nur Glück, dass unser Kind kein Kretin geworden ist.

Bitte sei doch vernünftig!, flehe ich. *Bitte denk doch einmal nach!*

Du wiederholst: *wir passen nicht zusammen!*

Diese Worte filetieren mein Herz, rauben mir den Atem.

Doch du bleibst bei mir, auch wenn du mit deinen Gedanken

schon lange weg bist. Deine Hülle sitzt neben mir und stillt das Baby, das aussaugt, was noch von dir übrig ist.

Man ist zuerst immer dagegen. Egal was man hört, zuerst ist man misstrauisch, dann ist man dagegen. Irgendwann ändert man seine Meinung, bis man herausfindet, dass man Recht gehabt hat, dagegen zu sein. Man ist zuerst immer dagegen und man hat immer Recht, bedauert – und braucht auch dieses Bedauern, um sich für einige Zeit zu merken, diesen Fehler nicht noch einmal zu begehen.

Doch man begeht ihn immer und immer wieder, weil man diese Fehler braucht. Sie bereichern das Leben, machen das Leben gerade noch so lebenswert, dass man sich nicht aus dem Fenster stürzt.

Man denkt sich: nein, so einfach kommt man nicht davon, so einfach kann es nicht gehen, es muss eine Falle sein! Eine Falle, der Tod muss eine Falle sein, es wäre sonst zu schön, um wahr zu sein!

Ich stand am Fenstersims, wollte es endlich wissen und sprang: ich breitete meine Arme aus und flog über die Dächer hinweg, zwischen Häuserschluchten hindurch und genoss die heiße Sonne. Tief einatmend glitt ich im Sturzflug auf das Haus meiner Eltern zu, wo ich sie durchs Fenster erkennen konnte: ihre toten, halb verwesten Körper saßen vor dem Fernseher. Dann düste ich zum Haus meiner Schwester und sah zu, wie ihr Mann sie kräftig vermöbelte und ich lachte schadenfroh und applaudierte, als ihr Kopf durch den Glastisch raste. Das geschah ihr Recht, dachte ich und fühlte mich frei, frei zu fliegen, frei zu lachen – und da bemerkte ich, dass ich tatsächlich schon lange nicht mehr gelacht hatte und dieses Lachen, diese Freiheit tat so gut. Ich ließ mich fallen, sank zurück und schloss die Augen.

Die Angst kam zurück.

Die Angst vorm Aufschlag beim Fall in den Abgrund.

Nachdem ich die Küche wieder in Ordnung gebracht hatte, zündete ich mir einen weiteren Joint an.

Jetzt, denn später beim Treffen mit der Arbeitskollegin wollte ich ja halbwegs fit, gesellig, gesprächig sein. Auch wenn man es sich selbst noch nicht eingesteht, verfolgt man ja immer ein gewisses Ziel, wenn man sich mit einer Frau trifft. Auch wenn man dieses Ziel naturgemäß in den seltensten Fällen erreicht, muss man es doch probieren, was schon per se beinahe unmöglich ist.

Männer und Frauen verstehen einander ja grundsätzlich nicht – erst die Chemikalien ermöglichen das Zusammenspiel und wenn die Pheromone in der Nase sitzen, ist es letztendlich egal, was man sagt. Die Kommunikation spielt sich dann auf einer ganz anderen, chemisch induzierten Ebene ab, einer wilden, wollüstigen Ebene, die nichts mehr mit Worten gemein hat, sondern nur mehr auf Zerstörung, Selbstzerstörung aus ist. Pheromone vernichten Leben, schaffen Leben, um es dann wieder zu vernichten und so weiter. Männer und Frauen zerstören, schaffen, gebären und verstehen einander nicht. Eine Gesetzmäßigkeit, mit verschiedenen Ausnahmen, aber wohl universell gültig. Diese Gesetzmäßigkeit hatte sich vor Urzeiten selbst geschaffen, und wird sich auch wieder selbst vernichten, noch bevor die Sonne die Erde schluckt. Auch heute wird wieder zerstört werden, wie ich damals dachte, missverstanden und vernichtet, jedes Wort wird ein Missverständnis sein und jeder Satz eine Keule, die einem den Schädel einschlägt.

Ich überlegte, was ich anziehen sollte und wählte schwarz, aus vielerlei Gründen: schwarz beruhigt, schwarz macht schlank und schwarz ist der Abgrund, auf den ich das Gefühl hatte, zuzusteuern. Meine Angst erwachte wieder.

Ich ging wieder ans Fenster und überlegte, ob der Tod wirklich eine Falle war, oder eben nur der Gedanken an die Falle eben die Falle. Tot ist tot, aber was ist, wenn nicht?

Ich inhalierte noch einmal kräftig und beschloss, diese derzeitigen Absurditäten, auf die man unweigerlich traf, wenn man mit Menschen zu tun hat, zu genießen. Zurücklehnen und genießen. Ich zündete einen weiteren Joint an.

Weil ich nichts verstehen kann, macht mein Körper nicht mehr mit. Ich übergebe mich, habe Durchfall und Fieber. Der Arzt sagt, eine Sommergrippe, oder Salmonellen, oder eine andere Vergiftung und gibt mir Kohletabletten, um die darauf absorbierte Schlechtigkeit wieder auszuscheiden.

Du nagst an meinem Herzen! Wenn du aus meinem Leben bist,

geht das bestimmt vorbei. Dich nur nie wiedersehen! Du willst es und du will es nicht. Nur zum Aushalten ist es nicht. Du beantwortest zumindest meine Anrufe – mehr kann ich nicht verlangen, auch wenn du nicht mit mir redest. Ich werde aus deinem Blickfeld verschwinden, ruhig vor mich hinarbeiten und Zeit verstreichen lassen. Bis Heilung einsetzt.

Was ist schlimmer: die Gewissheit, dass es vorbei ist, oder die Ungewissheit, genährt durch das absurde Quäntchen Hoffnung? Schon lange weiß man, dass der Weg vom Kopf zum Herzen ein langer ist, doch jeder Mensch muss es gnadenlos immer wieder aufs Neue erlernen.

Du hast gesagt, du liebst mich nicht mehr, doch deine Augen verraten etwas anderes. Du meinst, du wärst wieder glücklich und willst mir damit nur wehtun. Aber wie kann es dich glücklich machen, wenn du mir weh tust?

ALLES LÜGE, ES ERGIBT KEINEN SINN!

Wieso ist meine Liebe nichts mehr wert? Mir dreht sich der Magen um. Wieso ist man so dumm und kurzsichtig? Wieso gibt es niemanden, der einen trösten, gar helfen kann? Mein Magen dreht sich wie ein Ringelspiel. Ich brauche eine Neue! Aber ich habe keine Kraft mehr. Die Zeit heilt sich selbst, aber nicht mich. Was kann auch eine andere Frau ausrichten? Sie wird mir nur wieder wehtun. Mich an den Rand der Klippe führen, mich stoßen und sagen, es täte ihr leid. Auch du wiederholst immer wieder, es täte dir leid, du könntest nichts für deine Gefühle. Aber es geht hier nicht nur um dich: du hast die Verantwortung, ein Kind groß zu ziehen – und allein schaffst du es nicht!

Ich bin nicht allein, meintest du und ich vermutete einen Neuen. Aber nein, hast du meine Angst entkräftet, deine Stiefmutter würde sich um den Kleinen kümmern, als ob es ihr eigenes Kind wäre.

Ich bin der Vater – ICH bestimme!

Nein, die Mutter bestimmt!, hast du gesagt, *das würde jedes Gericht bestätigen.*

Aber ICH bin der Vater!, wiederholte ich und weinte. *Die reine Leibhaftigkeit der Grausamkeit bist du*, habe ich gesagt. Unmenschlicher Sukkubus, hatte ich mir gedacht.

Ich habe dich damals so sehr gehasst, ich dachte mir die furchtbarsten Gräueltaten aus, um dich zu foltern, quälen, Massenvergewaltigungen, mit Kondomen aus Stacheldraht, bis sie dich durchgearbeitet hatten. Manchmal schäme ich mich dieser Gedanken, manchmal empfinde ich sie als angemessen. Manchmal gäbe ich gerne mein Leben für dich und unsere Familie – manchmal lieber deines.

Nichts bleibt von einem Menschen, wenn man ihn zu lieben aufgehört hat. Wie eine leblose Hülle, ein witzloser, geistloser Zombie erscheint er uns dann. Zuvor hat ihn noch die Aura der Liebe umgeben – ist sie weg, fragt man sich, was man an diesem Menschen überhaupt gefunden hat. Jedes Wort aus seinem Mund wird einem zur Qual, so dumm erscheint er einem, jedes

Lächeln würde man ihm am liebsten mit der Faust aus dem Gesicht wischen. Der Unterschied erscheint so schwerwiegend, dass man im ersten Augenblick denkt, ein vollkommen anderer Mensch stünde vor einem, aber niemals der, den man so sehr geliebt hatte, so, als hätte er eine Transformation durchgemacht. Doch man ist es selbst, der sich verändert hat. Man beginnt sich zu fragen, was man jemals an diesem eigentlich unsympathischen und dummen Menschen gefunden hat, wie man mit ihm geistvoll kommunizieren konnte, oder wollte. Wenn man aber zurückdenkt, merkt man, dass man mit ihm niemals geistvoll kommuniziert hat, es einem aber egal war, mit der einen erblindenden und verblödenden Liebe als Ballast in der Seele. Man misst nun mit anderen Maßstäben, man hat eine unsichtbare Aura überwunden – zumindest glaubt man das, belügt sich selbst, denn so richtig überwindet man sie nicht, zumindest nicht so leicht, wie man denkt. Doch diese Lüge hilft einem, vorwärts zu kommen, weiterzukommen – anzukommen.

So, oder so ähnlich dachte ich, als ich im Café Humboldt saß und auf meine Kollegin wartete.

Ich war extra früher gekommen, um noch ein wenig in Ruhe zu reflektieren. Einen Kaffee zu trinken und bei einer Zigarette nachzudenken.

Das hatte ich schon lange nicht mehr gemacht – aus Angst, melancholisch, quasi rückfällig zu werden. Zu verschiedenen

Zeitpunkten sieht man unterschiedliche Stationen seines Lebens unter einem anderen Blickwinkel.

In den letzten Jahren hatte ich mich eingeigelt. Nach all diesen Jahren, in denen ich mich *in* mir versteckt, gelebt hatte wie in einem Schneckenhaus, lugte ich nur selten heraus. Aus meinem Schneckenhaus hatte ich die Welt beobachtet und mich gelangweilt.

Jetzt wollte ich dieses Schneckenhaus verlassen, mutig und ungestüm – wohl aus Langeweile. Und Dummheit! – Ich war schon gespannt und gleichzeitig auch ängstlich über den Ausgang dieses Tages, wohin er mich führte.

Zurück an den Start?

Oder würde ich ins All katapultiert werden wie ein Floh, der mit einem Gummiband spielt?

Zuerst einmal dieses Treffen mit meiner Kollegin.

Ich überlegte und bemerkte, dass ich nichts über sie wusste. Nicht einmal ihren Namen! Auch nicht, wo sie wohnte, oder was sie mochte.

Das waren gute Voraussetzungen, da ginge einem der Gesprächsstoff nicht aus: Reden, trinken, vielleicht sogar betrunken werden, auftauen, sich die Hand geben, in die Augen, die Seele schauen. Vielleicht mehr. Oder auch nicht.

Aber egal, mein Kaffee war leer, jetzt bestellte ich das erste Bier.

Ich hatte am Nachmittag kurz geschlafen, geträumt, dann mir den Vollbart gestutzt, die Haare gewaschen, mich in ein Hemd geworfen, die Schuhe geputzt und dann masturbiert.

Heutzutage war es sogar schwer, einen Porno zu finden, der gefiel: zuerst zog sich die Frau aus – und enthüllte einen mächtigen Schwanz. Dann erschien ein riesiger Kerl, wie ein Hells Angel sah er aus, tätowiert und im Gesicht mit Metallringen durchlöchert.

Als er die Hose fallen ließ, kam ein weibliches, rasiertes Geschlechtsorgan zum Vorschein.

Ich war, mehr oder weniger, nüchtern gewesen, es war also kein Traum, keine Drogenhalluzination.

Diese Schwanz-Frau nahm den harten Mösen-Kerl hart her!

Wer wollte so etwas sehen?

Ich surfte weiter. Immer wieder nur Abartiges, nichts, was mich anmachte. Ich konnte froh sein, nichts Verbotenes über den Bildschirm flimmern zu sehen.

Schließlich hatte ich bei der Nachbarin angeläutet und mir Zucker geborgt.

Während ich mich so an den Nachmittag zurückerinnerte und mich fragte, was ich hier zu suchen hatte, spürte ich plötzlich eine Hand auf meiner Schulter und schrak hoch: meine Kollegin.

Ich kannte sie nicht, sie war nur eines der dutzenden Gesichter aus dem seelenlosen Bürogebäude, doch sie war die einzige

Frau, mit der ich Kontakt hatte: sie überreichte mir tagtäglich wortlos die Büro-Post – ich bedankte mich wortlos mit einem Nicken und jeder setzte das fort, was er zuvor getan hatte, ohne über den anderen auch nur einen Gedanken zu verschwenden. Bis gestern, als ich sie fragte, ob sie mich heute treffen wollte. Sie hatte wortlos genickt, so wie ich es sonst tat, wenn sie mir die Post überreichte. Ich schlug einen Ort und die Zeit vor, sie nickte nochmals und setzte mit einem verwirrten Blick ihre Arbeit fort. Ich hingegen ahnte schon von Anfang an, dass irgendetwas mit ihr nicht stimmen konnte und das mag vielleicht auch der Grund gewesen sein, wieso ich gerade sie gefragt hatte, mich zu treffen. Und meine Ahnung wurde wie immer zu einer erbarmungslosen und brutalen Gewissheit.

Ich blickte sie verdutzt an und sie lächelte: ein trügerisches Zeichen.

Sie hatte kein besonders hübsches, sondern eher männlich anmutendes Gesicht und trug einen eigenartig modischen schwarzen Hosenanzug. Aber das war nicht das eigentliche Problem. Das Problem war, dass ich kein Wort von dem verstand, was sie sagte, oder besser gesagt, dahernuschelte in ihrem eigenartigen ostdeutschen Akzent. Ihr Name war Agnes oder Anne oder Andrea. Ich tat so, als wäre sie eine Agnes. Manchmal drang ein verständliches Wort zu mir durch, doch dann ergab es keinen Sinn für mich, oder erzählte sie mir wirklich von ihren Schwanzproblemen aus ihrer Pubertät, oder wie sie mit ihrem Vater fischen war, oder den sexuellen Annäherungsversuchen ihrer Schwester? Aus ihren Worten konnte ich ihren Charakter weder erahnen, noch herleiten und ich dachte, selbst wenn wir die ganze Nacht gesprochen hätten, ich wäre am Ende genauso schlau wie zuvor gewesen. Ich musste immer alles sofort wissen und war diesbezüglich immer ungeduldig gewesen – am liebsten wäre es mir gewesen, wenn sie mir sofort ihre Stärken und Schwächen wie bei einem Jobinterview aufgezählt hätte, damit ich sofort wusste, woran ich war. Ich nickte freundlich und bestellte noch ein Bier und dann noch eines und dann noch eines. Sie allerdings auch und je mehr wir beide tranken, umso mehr verstand ich, was sie sagte und merkte, dass es wirklich merkwürdig war, wovon sie sprach – momentan von ihrem G-Punkt, der sich angeblich nicht dort befand, wo er sonst anzutreffen war, so als ob überhaupt jemand wüsste, wo er tatsächlich war, – sie sprach davon, als ob sie eine wissenschaftliche Abhandlung darüber verfasst hätte: trocken, genau und sächsisch. Oder sie wollte mich auf den Arm nehmen. Der Ausgang dieses Treffens war offen und in meinem vollkommen verblödeten Zustand kaum vorstellbar.

Ein Kellner kam in den Gastgarten des Cafés und begrüßte Agnes überschwänglich. Dünn, schwarz und weiblich, spielte er eine schwule Tunte, mit all den klischeehaften Bewegungen, Phrasen und anderen Oberflächlichkeiten, die ich so abstoßend fand, spätestens als er mir zur Begrüßung ungefragt die Wangen küsste und mir augenzwinkernd spöttische Komplimente machte. Er lud uns auf eine Party später bei einem seiner Freunde ein und ich wusste, dass das der letzte Platz auf Erden sein würde, an dem man mich zu dieser Zeit antreffen würde.

Ich ahnte auch, dass ich dem nicht entkommen werde können und sagte angewidert, aber freundlich zu, um ihn hoffentlich baldigst loszuwerden. Sein Chef hielt ihn schließlich rüde zur Arbeit an.

Dann schwafelte Agnes weiter und ich bestellte noch ein Bier, diesmal einen Schnaps dazu und wir tranken und tranken und sie redete und redete und irgendwann verstand ich nichts mehr und lachte nur mehr und auch Agnes begann zu lachen. Wir stolperten ins Café, sprachen mit dem Chef, gaben ihm freundlich die Hand, dann verließen wir gemeinsam das Café – ohne zu bezahlen.

Zu ihr.

Agnes wohnte nicht weit entfernt.

Sie verschwand ins Badzimmer, um *sich frisch zu machen*, wie sie meinte. Ich zog mir die Hose aus, denn mir war klar, was als nächstes kam, kommen musste. Dann öffnete ich eine Flasche Wein, wusch zwei vermeintlich saubere Gläser ab und schenkte uns ein. Entspannt setzte ich mich und sah mich. ein wenig in ihrer Wohnung um und bestätigte meinen sonstigen Gesamteindruck von ihr: alles war dreckig und staubig und speckig. Ich hatte das dringende Bedürfnis, mir die Hände zu waschen und die Zähne zu putzen.

Sie kam zurück, nicht in einem Bademantel, wie ich gedacht – gehofft – hatte, sondern genauso wie zuvor, in ihrem schwarzen Hosenanzug, und setzte sich neben mich. Dann lachte sie, wahrscheinlich darüber, dass ich keine Hosen mehr angehabt hatte.

Sie nahm ein Päckchen Alufolie aus ihrer Tasche, öffnete es, zog ein transparentes Päckchen mit weißem Pulver heraus und bröselte etwas von dem Pulver auf eine CD-Hülle, *Megadeth*. Dann öffnete sie ihr Portemonnaie, nahm einen Geldschein und eine Kreditkarte heraus, sie rollte den Geldschein ein und baute mit der Karte zwei weiße Striche, Straßen.

Stilecht, wie sie meinte.

Ich hatte sie gespannt beobachtet. Ihr Ritual, das sie konzentriert wie ein Uhrmacher durchgeführt hatte, faszinierte mich.

Ich dachte mir nun, dass Jacques wohl genauso konzentriert unsere Joints baute. Irgendwie gefiel es mir, dieses Ritual des Jointdrehens und darin aufblühen wie ein Mönch bei einer religiösen Handlung.

Oder wie eine Japanerin bei der Teezeremonie.

Sie zuckte am ganzen Körper, dann reichte sie mir den Geldschein, den ich frisch einrollen musste und zog wie sie den weißen Strich auf.

Plötzlich lauthals lachend, zuckte sie wieder, als hätte sie Krämpfe, dann nuschelte sie *du Arschloch, Arschloch*, und sie lachte wieder lauthals auf und zuckte in Krämpfen.

Ich lehnte mich entspannt zurück und wartete auf die Wirkung. Ich wartete und wartete und trank Rotwein und beobachtete sie, wie sie lachte, sie hörte gar nicht mehr auf *du Arschloch, Arschloch* zu murmeln und ich fragte mich, ob sie wohl ihren Verstand verloren hatte. Doch dann setzte auch bei mir die Wirkung ein. Es war, als ob mein Hirn gelöscht und wie ein Computer neu aufgesetzt wurde, nur mit einem neuen Ego-File, das plötzlich die gesamte Hirnfestplatte benötigte.

Ich beobachtete diese wie eine Irre lachende Frau und wollte sie einfach nur mehr besteigen, als ob es kein Morgen gäbe und sah absolut keinen Grund für mich, nicht nackt zu werden, zog mich deshalb aus und setzte mich zu ihr auf die Couch, wo ich sie zu streicheln und zu küssen begann. Sie sprang hoch, noch immer *du Arschloch, du gottverdammtes Arschloch* murmelnd, und ich fragte sie, was los wäre, doch sie rief nur, *Zieh dich an, wir gehen!* und sie lief zur Tür hinaus.

Bevor sie in ein Taxi stieg und davonfuhr, holte ich sie gerade noch rechtzeitig ein. Ich hätte sie fahren lassen sollen, doch ich stieg mit ihr zu, ohne zu wissen wohin, einfach nur, weil ich sie endlich wollte, egal wo.

Ich küsste sie im Taxi, doch sie stieß mich weg und schrie *du Arschloch, Arschloch, Arschloch*, als ob es das einzige Wort war, dass sie noch aussprechen konnte.

Arschloch, Arschloch, Arschloch!

Jetzt würde uns der Herr Taxilenker freundlich, aber bestimmt aussteigen lassen, dachte ich, doch er ignorierte uns und fuhr in den Nordosten der Stadt.

Ich ließ von ihr ab und fragte, wo wir denn hinfahren, doch sie murmelte nur in sich hinein und antwortete mir nicht. Ich fragte den Taxilenker, doch ich verstand die Antwort aufgrund des lauten Radios nicht. *Scheiße*, sagte ich, *alles umsonst, das ganze Leben umsonst, alles immer umsonst, alles, was man tut, ist nur eine einzige Sinnlosigkeit!*

Ich wollte mir unbedingt einen Joint anzünden, doch musste ich noch warten, bis ich draußen war. Gerade im Begriff, den Herrn Taxilenker zum Anhalten aufzufordern, blieben wir plötzlich stehen. Sie bezahlte und ging, ohne sich um mich zu kümmern, in das Lokal an der Ecke. Der Taxifahrer fuhr los und ich kam mir wie ein Geist vor, ohne Substanz – das Kokain musste wohl schon nachgelassen haben, denn ich fühlte so eine tiefe und schmerzhafte Depression, wie ich sie schon lange nicht mehr erlebt hatte.

Ich roch die Nacht der Stadt, bevor ich mir einen Joint anzündete und zog fest daran, um mich nicht mehr spüren zu müssen. Ich wollte ihr in das Lokal an der Ecke, aus dem Stimmengewirr drang, folgen.

Ich wusste in diesem Moment: ich sollte nach Hause fahren. Wieso hört man so selten auf sich selbst und läuft lieber in das Ungewisse, selbst, wenn es den eignen Untergang bedeuten könnte?

Deine Liebe zu mir sei verblasst, wiederholst du, um mir zu beweisen, dass dir nichts mehr an mir liegt. Diese Grausamkeit hilft mir, dich zu hassen. Doch Liebe und Hass liegen so nahe beieinander, im Moment ist es schwer, den Unterschied zu erkennen.

Du meinst, es sollte mir Kummer machen, dass du von mir so schlecht behandelt wurdest. Es ist schwer zu verstehen, denn auch wenn ich kalt bin, auch wenn du mich nicht mehr gespürt hast, wie du behauptest, schlecht wurdest du niemals von mir behandelt. Wohlstandsverdorben bist du, und da ich dir den Wohlstand, den du dir wünschst, nicht bieten kann, wechselst du mich eiskalt aus, berechnend, dein eigenes Kind verneinend. Ich kann im Moment an nichts anderes denken, als an diese Worte von dir, die so ungerecht sind. Du hattest es niemals schwer gehabt, ich hingegen musste immer um meinen Respekt, meine Würde, kämpfen. Du musstest nur mit den Fingern schnippen und schon wurden dir deine Wünsche erfüllt – ich habe sie dir sogar von den Augen abgelesen. Doch das war dir niemals genug gewesen. Dir wird nie etwas genug sein, du bist unersättlich – und du entledigst dich derer, die dir nicht mehr nützlich sind.

Dass du dich nicht schämst!

Ich habe Angst um unser Kind, das diese verwahrlosten Werte von dir und deiner Stiefmutter lernen wird.
Wie kann ich da dagegenwirken?

Ich kann nur hoffen, es erkennt von selbst, was richtig und was falsch ist. Warum bin ich so wehrlos, so ohnmächtig? Wieso kann ich nicht um dich kämpfen, wieso wird jeder diesbezüglicher Gedanken von dir schon im Keim erstickt, als unmöglich angesehen. Ein Kind braucht doch einen Vater! Und du brauchst mich, wieso siehst du es nicht ein? Wieso lässt du mich so betteln, mich so erniedrigen?

Wieso bin ich so hilflos?

Noch bevor ich in dieses Lokal an der Ecke betrat und diesen Joint atmete, als stünde ich auf einer Startrampe zum Mond, hatte ich so etwas wie eine Halluzination: ich stand da, rauchte, dachte, wie immer konfus und sinnlos, als ein Taxi vorfuhr. Ich hörte bekannte Stimmen. Dann öffnete sich eine Autotür und sie kam heraus und schimpfte lauthals *du Arschloch, du Arschloch* und ich kam ihr nach und wollte sie festhalten, doch sie riss sich los und schlug mir ins Gesicht. Dann stürzte sie ins Lokal und ich beobachtete mich, wie ich zu weinen begann. Ich weinte und das Taxi fuhr los. Dann kramte ich in meiner Tasche und holte den Joint heraus. Ich sah mich tief inhalieren, mit laufenden Tränen, dann stolperte ich und stand da, wo ich eben nun stand, verschmolz mit mir. Ich griff mir ins Gesicht und spürte es nass.

Ich beschloss, ihr nachzugehen und sie zu fragen, was passiert war, denn ich konnte mich nicht mehr daran erinnern. Dem musste ich nun nachgehen, immerhin war Agnes eine Arbeitskollegin und falls es ein Problem gab, wollte ich es klären, bevor es mich aus der Arbeit schwemmte.

Dass wir uns am nächsten Tag sowieso an nichts erinnern würden, war mir in diesem Zustand nicht klar.

Ich betrat das Lokal, doch alles war anders, als ich es mir vorgestellt hatte.

Ein typisches Altwiener Beisel. Alte Männer saßen an antiquierten Holztischen und spielten Karten, und als sie mich bemerkten, blickten sie mich böse an, als ob ich ungefragt in ihr Revier eingedrungen wäre. Dann wandten sie sich von mir ab und konzentrierten sie sich wieder auf ihr Kartenspiel und ich fragte den alten und unsympathischen Kellner, ob es hier noch einen weiteren Raum gab und er deutete nach hinten und meinte: *Im Keller*, aus dem man, wenn man sein Gehör über das laute Wirtshausgeräusch hinwegsetzte, Musik erahnen konnte.

Unten im Keller war es nicht so schlecht. Die Musik war rockig, die Leute tanzten wild, tranken viel, lachten laut und die Welt schien hier noch in Ordnung. Ein altes Gewölbe, genau die richtige Stimmung. Folterwerkzeuge und Skelette fehlten. Ich bestellte ein Bier. Agnes sah ich nirgendwo. Ich wollte sie fragen, ob sie mich nun wirklich geschlagen hatte, oder ob es doch nur eine sonderbare Sinnestäuschung gewesen war. Warum mir das in diesem Moment so wichtig gewesen war, wusste ich nicht.

Da tippte mir jemand auf die Schultern: es war die schwarze Tunte, der Kellner aus dem Café Humboldt. Er umarmte mich, als wären wir seit langem befreundet, eine Millennials-Unart. Ich hätte ihn gerne von mir weggestoßen, doch konnte ich mich nicht dazu durchringen, denn er schien sich wirklich herzlich zu freuen, mich zu sehen. Stephen nannte er sich, wie er wirklich hieß, wusste ich nicht. Er fing ein Gespräch an, was ich denn so täte, woher ich kam und ich erzählte es ihm. Dann erzählte er mir ungefragt seine Geschichte und gab mir schlussendlich seine Visitenkarte, schmutzig grinsend mit den Worten: *wenn du mal was brauchst…*

Dann zog er von Dannen und ich leerte mein Bier und setzte mich auf einen der Hocker an der Bar und beobachtete die Leute, von denen ich niemanden kannte. Sie waren zumeist jünger als ich und unterhielten sich, oder tanzten, schwangen ihre schwitzenden und betrunkenen Körper im Rhythmus, nicht zur Musik, sondern zur Masse, die ihrem eigenen Takt folgte. Mein Bein wippte auf und ab zum Takt der Musik, also entgegen dem Rhythmus der Masse.

Ich trank ein Bier, aß eine Gulaschsuppe und fand heraus, dass ich mich auf einer Geburtstagsparty befand. Als man mich fragte, zu wem ich gehörte, nannte ich den Namen meiner Arbeitskollegin, die ich immer noch nicht gefunden hatte, es schien genug zu sein, um nicht wieder unfreundlich verabschiedet zu werden.

Erst später erfuhr ich, dass ihr Name gar nicht Agnes gewesen war. Wahrscheinlich hätte ich jeden Namen nennen können. Hauptsache selbstbewusst.

Zu diesem Zeitpunkt war ich schon sehr müde. Nach dieser durchaus eindrucksvollen Menge an Alkohol und Marihuana war es schwer, wach zu bleiben.

Doch das folgende erschreckte mich so sehr, pumpte so viel Adrenalin durch meinen Körper, dass es mich wieder eine Zeit lang wachgehalten hatte: das Geburtstagskind und einer seiner Freunde kamen und meinten, jemand hätte seine Geschenke gestohlen und er hätte die Polizei gerufen. Der Besitzer des Lokals, der schon zuvor erwähnte unsympathische Kellner, war darüber nicht sehr erfreut, denn das hieß, dass er den Keller dicht machen musste, da er offiziell nur bis 1 Uhr geöffnet halten durfte. Jetzt war es aber schon halb zwei und er schrie und schimpfte gegen alles und jeden und musste dabei die Musik übertönen, die noch immer lief, weil sich der DJ weigerte, abzudrehen, bis die Polizei kam, denn er wollte jede Sekunde nutzen. Die meisten hatten von dem Trubel noch nichts bemerkt und tanzen und tranken unbeirrt weiter, als mir plötzlich Stephen vollkommen besoffen um den Hals fiel und mich unverschämt umarmte und lachte. Dann kam auch noch das Geburtstagskind mit seinem Freund hinzu und sie fragten mich, ob ich ihn kannte und ich antwortete mit *eigentlich nicht*, worauf sie ihn von mir wegzogen, was mich momentan freute, denn sein besoffenes Gehabe war mir zuwider.

Die Polizei trudelte ein und ich beschloss, kurz frische Luft zu schnappen. Draußen setzte ich mich auf ein Auslagenfensterbrett und rauchte eine Zigarette. Meine Lungen brannten, mein Magen schmerzte vom sauren Bier. Mir war etwas schwindelig.

Ein Mädchen kam heraus und fragte wortlos nach Feuer. Mit einem Streichholz spielte ich Humphrey Bogart und wir bliesen wie Dampflokomotiven wortlos Rauch in die Luft. Sie war attraktiv, zeigte viel Haut und meine Blicke verirrten sich auf ihrer braunen Haut. Mit einem Lächeln kehrte sie ins Beisel zurück und ich war wieder allein mit meinen Gedanken und dem lächerlich wohligen Gefühl, von einem Supermodel angelächelt worden zu sein. Der Mantel der Einsamkeit umhüllte mich wieder und ich wollte zurück ins wohlige Warm. Auch um zu sehen, ob die Polizei Erfolge verbuchen konnte.

Als ich wieder eintrat, saß Stephen auf einem Barhocker in der Mitte des Wirtshauses und rund um ihn herum der flüsternde Pöbel. Er blickte verwirrt um sich, dann kicherte er.

Der Wirt schlug ihm heftig ins Gesicht. *Da gibt es gar nichts zu lachen, DU DUMMES SCHWEIN!,* schrie er und schlug noch einmal zu, da sich der betrunkene Stephen das Lachen nicht verkneifen konnte. Noch ein Schlag auf seine linke Wange, und sein Lachen erlosch wie die Flamme einer Kerze.

Stephen sagte nichts, doch der Wirt erging in Hasstiraden gegen ihn, was er denn nicht für ein niederträchtiger Mensch sein musste, seine Freunde zu bestehlen, und außerdem wäre ja sein Vater bei der U.N. und er hätte es gar nicht notwendig. Dann schlug er noch mal wutentbrannt zu, sodass Stephen vom Hocker fiel. Stephen kugelte sich wie ein Igel ein.

Um ihn herum erhob sich lautes Geraune, aber keiner zeigte Zivilcourage. Auch ich war wie erstarrt, eingefroren von der menschlichen Kälte, die sich mir darbot.

Aha, was haben wir denn da? Noch ein Diebesgut?, meinte der Wirt, zerrte an etwas, das aus Stephens Jacke hervorlugte, und produzierte ein zusammengeknülltes T-Shirt – ein Geschenk für das Geburtstagskind. Das Geraune wurde lauter und die Polizei erschien aus dem Keller, half Stephen hoch und nahm ihn mit aufs Revier. Sie hatten das Vorgehen des Wirtes geduldet, waren selbst noch besonders grob, als sie ihn abführten.

Jemand neben mir erzählte, man hätte ihn erwischt, als er am WC die Geburtstagsgeschenke unter seine Kleidung gestopft hatte – und als er nach den Geschenken gefragt worden war, versuchte er, wegzulaufen, war jedoch viel zu betrunken, um die Stiegen hochzukommen und er wurde er sofort eingeholt und festgenommen. *Festgenommen*, wiederholte er, *festgenommen!*

Ein Polizist kam zurück und überreichte dem Geburtstagkind noch ein Geschenk, das sie in Stephens Hosen gefunden hatten. Da bemerkte ich Agnes ausgestreckt auf einer Bank schlafen. Sie hatte sich übergeben, im Erbrochenen lagen ihre falschen Zähne. Ihr weitgehend zahnloser Mund stand weit offen und sie schnarchte.

Zahnloses Dornkötzchen, dachte ich und lachte. Ich hätte gerne ein Foto gemacht, denn ich bezweifelte, dass ich mich an irgendetwas, das an diesem Abend vorgefallen war, erinnern würde.

Ich fand auf dem Tisch ihre Zigarettenschachtel und ich wusste, dass sie den Rest des Kokains dort versteckt hatte. Ich war so frei und bediente mich.

Da wurde ich plötzlich von hinten grob umarmt und der Kellner flüsterte mir mit seiner rauen, stinkenden Stimme ins Ohr: *noch so ein gemeiner Dieb, der meine betrunkenen Gäste bestehlen will. Ich schlag dich tot, du dumme Sau, wenn du das Päckchen nicht liegen lässt!*

Mir war nicht zum Streiten oder Raufen zumute, deshalb sagte ich: *statt mich blöd von der Seite anzuquatschen, hilf mir lieber, meine Alte in ein Taxi zu hieven, bevor sie dir noch die gesamte Bude vollkotzt.*

Er schien überzeugt, ließ mich los, rief ein Taxi und zwei Minuten später trugen wir sie hinaus, setzten sie in das Taxi, mit dem ich mich zuerst zu der Party meines Freundes führen ließ.

Dann nannte ich dem Taxifahrer ihre Adresse und gab ihm eine meines Erachtens ausreichende Menge an Geld.

Was *meines Erachtens ausreichend* im Rausch bedeutete, weiß ich leider selbst nicht.

Ich atmete tief ein. Müdigkeit brach wieder durch.

Nur noch ein Stündchen, dann hätte ich es überstanden, dachte ich, doch wie immer hatte ich mich geirrt.

Ich fand Stephens Visitenkarte in meiner Hose, zerriss sie und ließ die Papierfetzchen wie Konfetti über mich regnen. Ich rauchte, entspannte mich mit dem vorletzten Joint und erinnerte mich: heute hatte ich schon mit Jacques gekifft, Ärger im Supermarkt gehabt, meine entfremdete Schwester weiter entfremdet, Ihren Mann verprügelt, nachdem er sie geschlagen hatte, erfolglos zu einem Hells Angel mit einer Vagina masturbiert, die Nachbarin gevögelt, Agnes ausschließlich missverstanden und langfristig meinen Job aufs Spiel gesetzt, mich selbst wie den Geist der vergangenen zwei Minuten beobachtet und schließlich den Pöbel beobachtet, wie er sein Feindbild bestrafte.

Wir sind weit gekommen, seit wir die letzten Hexen verbrannt haben, dachte ich. Ich hingegen war noch hinterher, und wenn es nur zwei Minuten waren.

Dann läutete ich bei Roland und er ließ mich ein: doch ich wusste nicht, was ich hier zu suchen hatte.

Ich hatte Angst wohl vor dem Alleinsein.

Ganz besonders heute.

Du behauptest, mit mir ist es dir nie wirklich gut gegangen.

Es tut so weh, das alles zu hören und mein ohnmächtiger Hass überwältigt mich! Die Wut frisst mich auf! Sehe ich dich, ist alles weg und ich verwandle mich in einen gehorsamen, schuldigen Schwächling.

Ich erkenne es doch, sie ist noch da, die Liebe!

Du bestreitest es, stößt mich weg! Aber warum? Um mich zu bestrafen? Mich zu demütigen und meinen Stolz zu brechen?

Du sagst, du hast die Blumen, die ich dir geschickt habe, weggegeben.

Weggegeben? Was soll das heißen? Wieso weggegeben? Wem gegeben? Dazu hast du doch nicht das Recht, meine teuer ersparte Liebe weiterzugeben! Was fällt dir nur immer ein, mich zu quälen?

Du quälst ja mich!, sagst du. Ich soll dir nichts mehr schicken, das Geld würde ja automatisch überwiesen werden. Ich solle dich in Ruhe lassen, dich niemals mehr darauf ansprechen.

Liebe ist vorbei, es gibt nichts mehr, sagst du. Kein uns, nur mehr ein du und ich. Und es, das Kind.

Ich halte es so schwer aus, liege nur verzweifelt da. Mein Körper implodiert, zu einem Punkt zusammengeschrumpft – der bist du!

Du sagst, ich muss erst wieder normal werden, vielleicht gibt es dann wieder eine Chance für mich, glücklich zu werden.

Aber nicht mit mir, sagst du grausam, nur um mich immer weiter zu quälen, so als ob ich dir jemals etwas Schlimmes angetan hätte, das Schlimmste: die Liebe!

Wenn man sich als Mensch fallen lässt, bereut man es irgendwann.

Das Bedauern und Beweinen ist die logische Konsequenz des vorsätzlichen Kontrollverlustes. Mein weiß es im Voraus, doch man begeht dieses Verbrechen trotzdem, um den Ausgang wissend, doch auf ein unmögliches Happy End hoffend – eine

Hollywoodfantasie! Im Kino wie im Leben wissen wir: es ist nicht real. Im Kino verlieren wir nur etwas Zeit und unser Geld, im Leben aber den Verstand, die Hoffnung und den Glauben an die Menschheit.

Dieser Kontrollverlust ist es, der unser Blut in Wallungen bringt, uns in Raserei versetzt. Uns die menschliche Maske entreißt, uns vom Geisteswesen zurück in die Steinzeit schießt – uns wieder zum Tier transformiert. Das Tier in uns, das ständig wacht und nur auf eine Chance wartet, herauszuspringen, um die Kontrolle zu übernehmen – doch wir knüppeln es zurück, sperren es ein und lassen es erst heraus, wenn wir glauben, dass die Zeit dafür gekommen ist. Es überfordert uns, zersprengt unsere Seele, zerbricht unseren Willen, saugt an unserem Leben wie ein blutdurstiger Vampir. Es bedarf größter Anstrengungen, es wieder zurückzusperren, meist mehr Kraft, als es uns zum Leben notwendig zurückgelassen hat.

Der Geist erwacht von neuem, überwindet – nicht immer, aber zumeist! – und prügelt auf das Tier ein, tagaus, tagein, bis es zurück in den Käfig winselt und wir uns alle gemeinsam die Wunden lecken: sie schmecken nach Hass und Rache und Wahnsinn und voller Wut fressen wir es in uns hinein, bis es zu spät ist und wir uns verlieren, noch unkontrollierter, wüster – mit einer wilden, hemmungslosen Bestie auf dem Kriegspfad.

Wenn man die Bestie nicht mehr zurück in den Käfig sperren kann, sperrt man sich besser selbst ein, bis sie ausgewütet hat und man niemand mehr verletzen kann. Denn sonst findet man sich an Orten wieder, von denen es kein Entkommen gibt.

So, als ob man nach einem langen Traum plötzlich, statt in seinem weichen warmen Bett, in einem grausamen Folterkeller erwacht und nicht mehr weiß, wo der Traum endet und die Realität beginnt und darüber den Verstand verliert.

DIE ANGST VORM AUFSCHLAG
BEIM FALL IN DEN ABGRUND

Faules Herz

Schneeweißer Baum

im Wintersaum

Und schwarze Raben

mit Kohlenasen im Maul

dem Schneemann hinterhältig gestohlen!

So hast du

mein Herz herausgerissen

gefressen und geschissen

Jetzt ist es faul

und tot

Chris Adel

82

Als ich Rolands Wohnung betrat, war es, als ob ich in ein schwarzes Loch fiel, in einen schwerelosen Zustand überging, die Kontrolle verlor, ohne es zu wollen, aber es eigentlich doch zu wollen. Ich hatte mich schon zu lange unter Kontrolle – jetzt drohte mir die Kraft zu entsagen. Ich ignorierte alles und jeden, ließ mich auf eine Couch fallen und schlief sofort ein.

Ein sonderbarer Traum nahm meinem Schlaf die Ruhe: ein gruseliger Cherub in einem schwarzem Hochzeitskleid schwebte zu mir herab, mit wächserner, halb zerronnener Maske und von kleinem Wuchs, eine hässliche Zwergin, schwarz behandschuht, fingerfrei und die Lippen rot, mit feurigen Augen, als ob sich mir der Teufel selbst darbot – sie schien mich zu kennen und auch ich sie!

Die Zwergin landete auf mir und küsste mich gierig, saugte an meiner Zunge, biss sie blutig, glitt zwischen meine Beine und leckte rau, dann nahm sie etwas weißes Zauberpulver aus meinem Zigarettenpäckchen und staubte die dunkelrote Spitze ein, von wo sie es sich direkt in die Nase zog. Weiter mit dem Mund, doch mit fiesem Gespür, ließ sie plötzlich von mir ab. Noch eine Nase voll, dann, mit dem Ejakulat, kam das Erwachen.

Schlaftrunken bemerkte ich die schwarzbekleidete, hässliche Zwergin, die vor mir kniete und mein erschlafftes Glied massierte. Mein Päckchen mit dem Kokain hielt sie in der anderen Hand, ihr Lächeln war haarsträubend.

Hat es dir gefallen?, tönte es aus dem schwarzen, rotumrandeten Schlund.

Irgendwo wurde laut gelacht. Ich setzte meinen Fuß an ihre Brust und stieß sie so fest weg, dass sie durch die ganze Küche segelte und schließlich an einen Kasten hart zum Stillstand kam. Das Päckchen flog ihr aus der Hand und sein weißer Inhalt verteilte sich gleichmäßig am Küchenboden, vermengte sich mit Staub und klebrigen Essenresten. Ihr zerfetztes, schwarzes Kleid war ihr hochgerutscht, sie blies sich wütend die dunklen Haare aus dem Gesicht.

Mein Mund schmeckte nach Eisen und ich sah mich schon aus klaffenden Wunden verbluten, als sich der weibliche Kobold erhob und mit einem Küchenmesser bewaffnet auf mich zukam – sie blieb vor mir stehen und zeigte mir den mittleren ihrer kleinen, rot bemalten Stummelfinger.

Tut mir leid, Vinnie, sagte ich leise zu ihr. Sie dampfte wütend davon und warf das Messer zur Seite. Es tat mir wirklich leid, dass ich so grob gewesen war, aber ich hatte mich eben erschrocken.

In dem Moment, als sie im nächsten Raum verschwand, öffnete sich die Eingangstür und ein dicker und gebildet aussehender Mann kam bei der Eingangstüre herein. Höflich zog er den Hut vor mir, hing ihn an den Hutständer. Seine Schuhe salopp von den Füßen gleitend, zog er die Hosenträger von den Schultern, sprang aus der Hose, knöpfte ruhig sein Hemd und die Hemdsärmel auf und entledigte sich auch seines Hemdes. Als er in

Socken und Unterwäsche dastand, bemerkte er, dass ich ihn beobachtete und grinste dreist. Dann entfernte er auch noch die Unterwäsche und Socken, kam auf mich zu, reichte mir zur Begrüßung seine Hand und sagte: *Gestatten, Till Eichel, Nudist aus Leidenschaft!*

Von irgendwo her tönte wieder lautes Lachen.

Ich sah ihn fassungslos an. Sein Bauch überdeckte beinahe vollständig sein schrumpeliges, unter Haaren verborgenes Gemächt, welches schüchtern zwischen den Speckfalten hervorlugte. Sein Körper war stark behaart, bis zu den Ohren, wo eine polierte Glatze wie frisch gewichste Schuhe glänzte. An seinem rasierten Herzen klebte ein großes Pflaster, das eine kürzlich überstandene Operation vermuten ließ, in Wahrheit aber etwas ganz anderes verdeckte.

Sehr erfreut!, entgegnete ich ihm gekünstelt höflich. Er erklärte sich sogleich: *Sie dürfen sich nicht wundern: ich bin nämlich nackt, sobald ich kann. Meine Freunde akzeptieren, dass ich mich in Kleidung sehr unwohl fühle – nur das Gesetz und der Winter halten mich davon ab, nicht immer so herumzulaufen. Sie müssen verstehen, in Gewand fühle ich mich eingesperrt. Ich halte das nur kurz aus, ich bekomme sonst Beklemmungsanfälle. Einmal, bei einer öffentlichen Veranstaltung, fiel ich vor Panik in Ohnmacht – das war mir eine Lehre gewesen! Seitdem meide die Öffentlichkeit so gut ich kann! Deshalb verzeihen sie mir bitte meinen Auftritt im Adamskostüm, der ihnen sicher sehr unangemessen erscheint, doch ich kann und will nicht anders.*

Daraufhin zog er sich zurück, wohin auch die Zwergin verschwunden war.

Ich stand auf, zückte meine Kreditkarte, rollte einen Geldschein und kniete nieder. Ich schob gerade so viel vom verstreuten Kokain am Boden zusammen, bis sich eine ergiebige Straße, vermengt mit Staub und widerlich klebrigem Küchenschmutz, bauen ließ und zog sie mir *stilecht* – bei dem Gedanken, im Dreck kniend, musste ich schallend auflachen – ins Gehirn. Leicht benommen stand ich wieder auf und musste mich kurz wieder setzen. Ich drehte meinen Kopf, wie es sonst nur ein Hühnchen tut, und atmete ganz stark durch die Nase ein, um sie zu befreien. Dann schluckte ich, saugte wieder durch die Nase ein und hatte vergessen, was ich eigentlich machen wollte. Ich zog meine Socken aus, sie waren mir plötzlich unerträglich eng erschienen. Herr Eichel – ich musste wieder kopfschüttelnd auflachen.

Nach einigen Minuten kam ich wieder zu mir und ich stand auf und taumelte zum Kühlschrank, dem ich eine kalte Flasche Bier entnahm und schlurfte barfuß ins Wohnzimmer, wo Stimmen laut in den Äther übergingen.

Mein Kind! Ich vermisse dich so!

Du hast es immer noch nicht kapiert: es geht nicht darum, eine Arbeit zu haben, eine Familie zu gründen und Freunde zu haben. Es geht darum, sich einen Sinn daraus zu spinnen und je mehr Menschen dabei involviert sind, umso leichter wird es, oder besser gesagt: umso eher geht es von selbst. Ist man aber allein, sucht man verzweifelt nach einem Sinn und kommt zu dem Schluss, dass es keinen gibt, geben kann, sieht nicht ein, dass das nicht wahr ist, sondern nur eine von mehreren Möglichkeiten sein kann.

Nicht unglücklich sein ist der wahre Sinn! Wenn man es aber ist, dann versteht man nicht.

Ich war schon einmal glücklich – und es war traumhaft gewesen.

War es wirklich Glück gewesen? Oder nur Einbildung?

Man müsste nur einen Weg finden, diesen Zustand wiederherzustellen!

Jetzt, nach vielen Jahren liegt nun eine ganz neue Ausgangssituation vor: man ist ein komplett anderer Mensch! Damals war man jung, offen, lebensfroh, lachte ohne Sarkasmus und wollte mehr. Heute ist man älter, erfahrener, träge, fett und süchtig nach dem Rausch, Alkohol, Drogen, inhaliert, um sich zu betäuben und denkt, man erträgt es ohne sie nicht mehr. Und es wird wahr, man erträgt es ohne sie nicht mehr. Geht man zum Arzt, zum Therapeuten, und weint ihm etwas vor? Oder macht man endlich Schluss mit dem Elend? Alles andere erscheint undenkbar, unerreichbar, himalajisch hoch und weit entfernt. Ich schaffe es nicht, mich weiterzuentwickeln, weder beruflich, noch privat, noch emotional, bin festgefahren. Ich kann an nichts anders denken als an dich und an unser Kind! Es ist wie eine psychische Blockade! Keine Weiterentwicklung, nur psychopatisches An-Euch-denken. Irgendwann kommt der Punkt im Leben, an dem sich etwas ändern muss. MUSS!

Aber nicht jetzt. Nicht heute. Wahrscheinlich auch nicht morgen.

Im Wohnzimmer saß die Zwergin Vinnie, die bei meinem Anblick sogleich wütend von der Couch aufstand und den Raum amerikanisch fluchend verließ. Dann war da Jacques, der gerade an einem Joint saugte und hinter seiner blonden Mähne versteckt meditierte. Er bemerkte mich erst, als ich mich schon neben ihn auf den noch warmen Platz, den mir die Zwergin gerade frei gemacht hatte, gesetzt hatte. Er grinste mich an, zu mehr schien er nicht in der Lage zu sein.

Till Eichel diskutierte gerade angeregt mit seinem Sitznachbar, einem älteren Japaner im weißen Anzug und mit fein gestutztem Schnurbärtchen. Zwischen dem Nackten und dem französischen Guru labte sich eine unentwegt lachende, dicke Frau. Sie hatte lange, blonde und gelockte Haare und in ihrem engen roten Kleid sah sie aus wie eine feurige Gummiwurst. Sie schien mir eine von denen zu sein, die in Gesellschaft immer fröhlich waren, jedoch sich vor dem Schlafen gehen die Pistole an die Stirn setzen, summend sich den Galgenstrick binden oder die volle Packung Schlaftabletten ansetzen und sie schließlich doch nicht schlucken, sich letztendlich unglücklich in den Schlaf weinen, sich schwörend, es morgen auch wirklich durchzuziehen, es aber niemals tun.

Herr Eichel sagte etwas und die Dicke lachte wieder lauthals. Der alte Japaner blickte konzentriert, als verstehe er nicht alles – oder sogar gar nichts und wollte es nicht eingestehen.

Ich nahm einen großen Schluck Bier, nickte allen zu und borgte mir Jacques Joint, um mich in den Kosmos zu schießen, wo ich dann auch ein Weilchen verweilte.

Der Gastgeber, den ich immer noch nicht angetroffen hatte, ließ Smetanas Moldau mit sich aufbäumenden Wellen durchs Wohnzimmer schäumen, begleitet von Ansichten von Prag, die die geschmacklosen Siebziger-Jahre-Tapeten verdeckten. Die tobende Musik entwarf ein mittelalterliches Prag, und hätte ich nun aus dem Fenster gesehen, ich erblickte mit Sicherheit die Karlsbrücke mit ihren Türmen und Figuren, und weiter hinten, das prachtvolle Prager Schloss. Ich ließ mich von der Musik mitreißen, in den Fluten wegschwemmen, tauchte hinab und trieb in den Tiefen der Seele eines wahren Künstlers.

Was meinen Sie dazu, mein Herr?, riss mich Herr Eichel aus meinen musikalischen Pragträumen und ich fuhr erschrocken hoch.

Was?

Die Dicke lachte los.

Wir sprechen gerade von der Identität des Staates und seiner Individuen. Ich verachte dieses Staatsgetue, österreichisch, deutsch, französisch, und so weiter, all das hat keine Bedeutung für mich. Der Staat schränkt nur ein, ordnet, was er nicht zu ordnen hat, denn es ordnete sich von selbst, ließe er es zu. Hat man nicht durch seine Mutter und Vater, seiner Muttersprache, nicht schon genug Identität und Zusammengehörigkeitsgefühl? Nach außen und innen abgetrennt, beschränken die Grenzen nicht nur physisch, sondern auch psychisch. Stellen Sie sich vor, was Europa für ein großartiger Ort wäre, hätte man alle Grenzen aufgehoben und die Leute entwickelten sich von selbst. Man hätte keinen Hitler gebraucht, kein Senfgas, wozu auch? Jeder hätte alles haben können und zugleich mit allen geteilt. Wozu da Krieg führen, einen Krieg, den man heute noch spüren kann, noch viele Jahre lang spüren wird. Alles wegen der dummen Grenzen, die nur Hass und Gier schüren und zu Elend und Leid führen. Jeder von uns könnte sich frei entfalten, könnte machen, was er wirklich wolle, denn wenn sein Herz dabei ist, dann wird er auch von allen respektiert und akzeptiert. Heute muss man Arzt werden und ist man ein schlechter Arzt, weil man eigentlich nie Arzt werden wollte, dann wird man verspottet, verlacht und aus der Stadt gejagt. Wäre man aber, wie es das Herz befahl, Rosenzüchter geworden, man wäre nun glücklich und dieses Glück macht die Mitmenschen verliebt in einen, man sieht ihm seine Freunde an, will ihn um sich haben, er gewinnt Freunde, die Liebe und stirbt als respektabler Mann, anstatt im Exil als Dorfarzt mit fünfundvierzig Jahren an Leberzirrhose zu verenden. Religion ist ein mystifizierter, geistiger Staat, der Intellektualität entgegengesetzt, der einen durch seine Regeln und irrationalen Widersprüche in seine Schranken weist. Staat und Religion, die Nemesis alles Geistigen und der Freiheit.

Herr Nakamura hier an meiner Seite vertritt die Meinung, dass ich nicht ganz Recht hätte, sondern nur dann, wenn der Staat das Monopol auf die Medien hat. Sind die Medien privatisiert und zahlreich, regieren sie nicht nur das Land, sondern einen gesamten Sprachraum. Und nicht die Politiker wären dann das Übel, sondern die Konzerne, die die Medien über die

Werbung bezahlen, denn die erziehen sich die Leute, so wie sie sie gerne hätten: krank, nicht zu intelligent und die Schnauze haltend. Die Informationen sind ja da, aber manipuliert. Man kann vieles Nachforschen, doch es gibt keine Gewissheit mehr über die Richtigkeit der Informationen. Die Geschichte ist schon lange umformuliert, umfabuliert, nicht mehr der Patriotismus, sondern der Kapitalismus wäre die große Gefahr, laut Herrn Nakamura. Nichts wäre mehr demokratisch, so wie man es uns vorgaukelt, sondern man suggeriert uns, flüstert uns unbemerkt ins Ohr, was wir zu tun hätten, was wir essen, anziehen, in der Freizeit tun sollen und wir tun es – sonst droht uns sozialer Abstieg! So wie man früher die minderen Parteien am Stimmzettel nur klein gedruckt anzeigte, wird heute Unerwünschtes komplett ausgeblendet oder nur am Rand erwähnt. Und nicht mehr die Angst vor dem Gefängnis wird geschürt, sondern die Angst vor dem gesellschaftlichen Niedergang. Reichen die Kleidung, das Gehalt, das Auto, die Zähne, die Haarfarbe aus, um noch mithalten zu können?

Mir schwirrte der Kopf vor so viel Hirnwichserei.

Ja, es gibt keinen Respekt mehr, jammerte Till Eichel, *man will einander nur Böses, um selbst besser dazustehen. Keine Solidarität mehr, außer für viel Geld. Tot dem Kapitalismus! Da fällt mir der mexikanische General Antonio Lopez de Santa Maria ein, „seine allerhöchste Durchlaucht", wie er sich ansprechen ließ, der sein Bein verlor, und es mit militärischen Ehren begraben ließ. Bei öffentlichen Auftritten hielt er dann immer sein Holzbein hoch über seinen Kopf – symbolisch für seine Opferbereitschaft gegenüber seinen Mitmenschen. Heute geht es darum, möglichst lange im Büro zu bleiben, auch wenn man nichts zu tun hat. Dann wird man gelobt! Ist das nicht ein Irrsinn? Was meinen Sie denn dazu, mein Herr?*

Man sah mich erwartungsvoll an. Die dicke Gummiwurst hatte zu kichern aufgehört, selbst Jacques drehte nun seinen Kopf in meine Richtung.

Ich blies hart den Marihuanarauch aus und sagte: *Ich schaue weder fern, noch wähle ich. Ich denke nicht einmal, geschweige denn fühle ich mich manipuliert. Mich gehen die anderen Menschen einen Scheißdreck an und ich bin überglücklich, wenn ein Tag vergeht und mich keiner von ihnen angesprochen hat.*

Damit hatte Herr Eichel wohl nicht gerechnet und nahm einen Schluck Bier. Er hatte mich wohl für alles Mögliche gehalten, aber nicht für einen Ignoranten.

Die Dicke lachte nicht, sondern legte ihre Hand auf Eichels nacktes Knie. Dann flüsterte er ihr etwas ins Ohr und schon lachte sie wieder schallend auf.

Tja, leere Flaschen gehen nicht unter, meinte Eichel und stand auf, um, wie er meinte, die Königskobra zu würgen. Dieser Mann sprach für mich in Rätseln.

Wisst ihr, meinte nun Jacques, mit wilden Augen um sich blickend, *ich denke, Bienen sind die allergrößten Helden auf der Erde. Les grands héros du monde!*

Bienen?, fragte ich erstaunt.

Nakamura starrte uns begierig auf die Lippen, als würden dort die gesprochenen Worte in geschriebenen Lettern erscheinen.

Ja, Bienen! Des abeilles! Die Stechimmen: sie verteidigen ihresgleichen, indem sie stechen und obwohl sie wissen, dass sie sterben müssen, wenn sie jemand stechen. Nämlich sogar auf eine wilde, grausame Art, indem ihr Körper in der Mitte auseinandergerissen wird! Trotzdem stechen sie! Obwohl sie das alles wissen, stechen sie, verteidigen sie ihresgleichen trotzdem. Wenn das nicht der ultimative Heroismus ist! Der Heroismus der Frauen!

Dann lachte Jacques laut auf und die Dicke lachte mit.

Herr Nakamura bleib still und steif, beobachtete uns, uns wohl im Geiste mit seiner asiatischen Weisheit belehrend, die er wohl schon als Junge mit dem Löffel gefressen hatte.

Gestern, begann Jacques wieder lachend zu erzählen, *war ich wegen meiner... äh... poisson rouge –*

Goldfische? Du hast Goldfische?, fragte ich.

Ja, Goldfische! Also gestern war ich wegen meiner Goldfische – wieso sie ‚Gold' heißen, weiß ich nicht, na egal – in der Zoohandlung, und eine Frau kam mit ihrem Kind herein, und man wollte für den Kleinen einen Hamster kaufen.

Jacques konnte sich kaum halten vor Lachen.

Und als sie sich einen Hamster ausgesucht hatten, fragte der Verkäufer die Kundin, ob sie den Hamster gut behandeln und nicht etwa sexuell missbrauchen werde? Die Kundin war, wie man sich vorstellen kann, recht entrüstet, und der Verkäufer meinte weiter, wenn sie oder ihr Kind plane, den Hamster für sexuelle Experimente zu missbrauchen, könne er ihnen den Hamster nicht verkaufen.

Die Dicke kicherte laut auf und die Moldau schäumte aus den Boxen.

Das hast du doch erfunden, gib es zu!, meinte ich und er bestärkte seine Geschichte mit wilder Gestikulation und einem *Nein, Nein, das hättest du sehen sollen!*

Ja, meinte Herr Eichel, *der Missbrauch von Haus- und Nutztieren kommt häufiger vor, als man denkt. Die alten einsamen Hundebesitzerinnen, die Zoowärter, die Hirten – sie alle, die viel mit Tieren zu tun haben, vergehen sich früher oder später an ihrem geliebten Geschöpf. Denn der sexuelle Rausch, die Anziehung zum geliebten Wesen, steckt einfach in uns!*

Die Dicke konnten sich gar nicht mehr halten vor Lachen und sie schlug Eichel mit der flachen Hand laut klatschend auf seine Schenkel.

Ich fühlte mich verarscht und trank den Rest meines Bieres auf Ex aus. Mir wurde schlecht. Von der Moldau blieb nichts als ein kleines Rinnsal.

Als Herr Eichel abermals aufstand, um auf die Toilette zu gehen, sah ich, dass er beschnitten war. Ob er wohl Jude sei? Und ich musste plötzlich an Klimts Adele denken. Wie schnell man von Eichels beschnittener Eichel zu Klimts Adele kommen konnte, wie ich damals überlegte.

Man sah mich plötzlich eindringlich an und ich wusste nun nicht mehr, ob ich das alles nur gedacht, oder doch laut ausgesprochen hatte.

Jacques jubelte plötzlich laut auf. Die dicke Frau schien erbost, doch sie sagte nichts.

Nakamura hatte eine unverändert starre Miene. Dann sagte er ernst, in gebrochenem, aber halbwegs verständlichem Deutsch: *Sie sind ein shimpu tokkotai! Shimpu tokkotai*, wiederholte er immer wieder, *shimpu tokkotai! Shimpu tokkotai! Bonsaiiiii!* Und er lachte laut auf. Ich hatte keine Ahnung, wovon dieser durchgeknallte Japaner sprach, nahm noch einen Zug vom grünen Kraut und wünschte mich davon.

Es gab diejenigen, denen der Einsatz als – der im Ausland bekannte Begriff ist Kamikaze – Shimpu Tokkotai befohlen war. Und es gab diejenigen, die sich freiwillig bereiterklärt hatten, für das Land und den Tenno zu sterben. Es gab diejenigen, denen diese Ehre freiwillig oder unfreiwillig zuteilwurde und es gab diejenigen, deren Einsatz aufgrund der Kapitulation Japans nicht mehr stattfand.

Nakamura Toshihiro war einer der Unfreiwilligen, der Glück gehabt hatte und, dank der Atombomben, nicht mehr zu seinem Einsatz als Kamikazepilot aufbrechen musste.

Dank der Atombomben auf Nagasaki und Hiroshima – tatsächlich dachte er manchmal so und schämte sich. Und dass er keinen ehrenhaften Tod sterben durfte, wurde ihm ebenso angelastet, wie die Tatsache, dass er keine Chinesen gemeuchelt oder Koreanerinnen vergewaltigt hatte.

Nach jahrelangem, aufoktroyiertem Schamgefühl, dass ihm ehemalige Soldaten, die konservativen Medien und seine Familie, die den Tod aller seine Brüder zu verzeichnen hatte, kehrte er seinem Land den Rücken und konnte das erste Mal frei durchatmen, konnte seine angebliche Schamlosigkeit endlich frei ausleben.

Tatsächlich fühlte er sich keineswegs schuldig, eher war er froh, diesen Wahnsinn überlebt zu haben. Vielleicht hätte er als Pilot sein Flugzeug nach Guam entführt und sich dort bis zum Ende des Krieges versteckt. *Aber dank der Atombomben auf –*

In Deutschland angekommen, versuchte er Deutsch zu lernen, doch kam er nie über ein bestimmtes Niveau hinaus, weil er sich in der japanischen Gemeinschaft in Düsseldorf integrieren und so für seinen Lebensunterhalt sorgen konnte. Seine Vergangenheit hielt er so gut es ging geheim, um keinen Skandal auszulösen und lebte so ein erfülltes Leben. Nachdem er sich zur Ruhe gesetzt und ausreichend gespart hatte, erfüllte er sich seinen Lebenstraum, reiste nach Wien und besuchte die Wiener Staatsoper, Mozarts Don Giovanni lief gerade am Spielplan, und seither, das war zehn Jahre her, war er in dieser Stadt, die Stadt seiner Träume, gefangen, kam nicht mehr von ihr los.

Jeden Tag spaziert er nun durch die Wiener Innenstadt, atmet tief den Pferdegeruch ein, wenn ein Fiaker vorbeifährt, geht zu den urigen Heurigen auf einen Spritzer und lässt sich von den Straßenmusikanten, die die Kärntnerstraße beleben, unterhalten. Zuweilen spricht er japanische Touristen an und führt sie durch die Stadt – das angebotene Trinkgeld nimmt er jedoch niemals an, es ist Ehrensache, einem Landsmann behilflich zu sein.

Wie er in Rolands Wohnung gelandet war, blieb mir ein Rätsel. Wahrscheinlich war er hier, um mich zu quälen, mich immer weiter zu quälen…

Du wirst für mich immer mehr zur Enttäuschung, nicht nur als Partner, sondern auch als Mensch. Deine Arroganz ist unerträglich, du gibst mir das Gefühl, als müsste ich dir dankbar sein, dass du überhaupt noch mit mir sprichst. Wäre es doch schon vorbei, müsste ich nur nicht mehr an dich denken! Ich hatte eine schwere Zeit, und anstatt mich zu unterstützen, hast du mich verlassen. Weil du, anstatt vernünftig zu sein, deine Gemeinheiten fortgesetzt hast, bin ich wohl erkaltet, von dir weggedriftet, so lange, bis du mich, wie du gesagt hast, nicht mehr gespürt hast. Dabei habe ich alles getan, damit wir zusammenbleiben, nicht nur wegen dir, auch wegen dem Kleinen. Warum läufst du vor mir weg? Ich liebe dich doch! Deine Probleme sind auch meine Probleme, lass mich doch für dich da sein.
Das geht nicht, sagst du und ich fühle mich, als wäre ich gegen eine Wand gelaufen.
Wieso das so war, erahne ich nur.

Warum ich denn so hässliche Sachen sage, meinte nun die Dicke. Ihr Till sei ja so empfindlich, ich habe ihn sicher sehr verletzt! *Aber*, entgegnete sie weiter, *ich sehe Ihnen ja an, dass es Ihnen schlecht geht, doch deswegen müssen Sie ja nicht die anderen mit Ihrem depressiven Verhalten herunterziehen —*

Ich wusste nicht, wieso sich die Dicke in diesem Moment derart aufregte, wieso sie mich so herunterputze. Ich verstand die Welt nicht mehr, wurde wütend und wehrte mich: *Da reden gerade Sie, wo Sie sich mit Ihrem peinlichen Auftritt hier lächerlich machen! Wenn Sie nach Hause kommen, nehmen Sie ihre zwanzig Schlaftabletten und legen sich schlafen. Ich sehe Ihnen ja an,* mokierte ich sie hasserfüllt, mit Schaum vor dem Mund, *dass Sie ein einsames, lächerliches Frauenzimmer sind, die hier nur die Lustige spielt! Zu Hause spielen Sie russisches Roulette. Sie blade Kuh! Lassen Sie mich in Frieden und kehren Sie zuerst vor ihrer eigenen Tür!* Ich war ziemlich aufgebracht.

Wovon reden Sie? Ich bin seit zwanzig Jahren glücklich mit Till verheiratet. Ich liebe meinen Till Eulenspiegel! Sie hingegen, mein Herr, bringen sich doch langsam um. Ich habe Ihnen zugesehen, wie Sie mit aller Kraft inhalieren, als ob es Ihnen nicht schnell genug ginge. Und wie hastig Sie Ihr Bier trinken, um endlich nichts mehr mitzukriegen. Sie tun mir leid, mein Herr!

Jacques lachte hysterisch auf.

Ein bisher unbemerkter Hund begann zu bellen.

Herr Eichel kam zurück und erkannte die Erregung im Gesicht seiner Frau. Sie erklärte ihm, was vorgefallen war und er brüllte los, was ich mir denn einbilde, auf diese Weise mit seiner Frau zu reden und ob ich kein Benehmen hätte. Und ein *dreckiger Jude* wäre er schon gar nicht! Er wurde aus *hygienischen Gründen* beschnitten! Vor sechzig Jahren hätte er mich hinrichten lassen, meinte er: *mich, den Judenfreund!*

Ein nackter Antisemit und seine rote Gummiwurst. Wäre es nicht so traurig und hätte ich mich nicht bedroht gefühlt, ich hätte wie Jacques hysterisch aufgelacht.

Und dann weiter: dass ich einer dieser dummen Menschen wäre, denen man es niemals recht machen könne, die immer nur gegen alles wären und sich für nichts einsetzten! Dass ich als Kind zu heiß gebadet wurde und mir wohl die Hitze zu Kopf gestiegen wäre! Ich solle doch gefälligst einmal die Augen öffnen, um zu sehen, was denn so in der Welt vor sich ginge, anstatt sich den ganzen Tag volllaufen zu lassen und dann redliche und freundliche Leute anzupöbeln. Und dass ich mich gefälligst zu entschuldigen habe bei seiner Frau, die wirklich Besseres verdient habe, als sich von mir beleidigen zu lassen.

Ich überlegte, wie dieser scheinbare Liberalismus und gleichzeitige Antisemitismus auf einen Nenner zu bringen waren und hing mich an diesem Gedanken auf.

Gleichzeitig schrie auch sie mich an: dass sie so etwas bisher noch nicht erlebt hatte; dass ich gefälligst lernen sollte, mich zu benehmen! Dass ich vorher überlegen solle, bevor ich meinen Mund öffnete und dass ich mich gefälligst bei ihrem Mann zu entschuldigen hätte.

Jacques' Lachen wurde immer lauter und hysterischer – bis er plötzlich einen Hustenanfall bekam und Schleim unter lautem Würgen hervorspie.

Das kümmerte das Ehepaar Eichel wenig, sie hämmerten mit ihrem tosenden Gebrüll auf mich ein, als müssten sie einen streunenden Hund erschlagen. Ich hingegen war auf einer Außenmission durch das Stargate auf einem fremden, aber paradiesischen Planeten mit viel Ruhe. Nakamura blieb teilnahmslos sitzen und betrachtete uns gelangweilt. Er bemühte sich nicht einmal mehr, den nackten und beschnittenen Judenhasser zu verstehen.

Das Bellen des Hundes, Jacques' Würgen, die schreienden Stimmen der roten Wurst und ihres Mannes, alles zusammen fügte sich zu einer gemeingefährlichen Komposition, ein wildes, irres Meisterwerk, das nur dazu da war, mir zu schaden, mich in den Wahnsinn zu treiben. Es erinnerte mich an die Frau, die bei der Uraufführung von Ravels Bolero den Verstand verloren hatte und in die Nervenheilanstalt gebracht werden musste. Ich spürte es schon körperlich, in meiner Brust, wie sich alles zusammenzog.

Ach, halten Sie doch die Schnauze! Leben Sie ihre Perversitäten zu Hause aus, aber verschonen Sie doch uns damit!

Herr Eichel lief rot an, drehte sich um und verließ den Raum. Seine rote Gummiwurst watschelte ihm devot nach. Angezogen – er sah mit Kleidung wie ein seriöser Professor aus – kam er wieder zurück und schrie, dass ich noch von ihm hören werde.

Mit einem lauten Knall verließen die Eichels die Wohnung.

Inzwischen besorgte ich Jacques, der immer noch hustete, etwas zu trinken. Die verbalen Schläge hatten mir ganz schön zugesetzt und mir wurde plötzlich furchtbar schlecht.

Ich eilte auf die Toilette und kotzte. Dann noch einmal. Ich überlegte beim Anblick der hervorgewürgten Reste, was ich wohl zu Abend gegessen hatte, konnte mich aber nicht daran erinnern. Dann noch ein Schwall.

Ca va?, fragte mich Jacques, der kleinlaut überprüfte, wie es mir ging.

Ca va bien!, gurgelte es aus meinem Mund, während noch ein letzter Schwall aus meinem Magen spülte.

Putain!, nuschelte er und ließ mich mit der Kloschüssel, das Einzige, das ich seit Jahren innig umarmt hatte, allein.

Ich schrie ihm nach, er solle doch bleiben und mir etwas erzählen, ich könne jetzt nicht allein bleiben. Ich hätte Angst, schrie ich verzweifelte und spuckte und wischte mir die Tränen von den Wangen.

Die Zwergin lachte schadenfroh, als sie mich so verzweifelt und spuckend auf dem Boden sitzen sah.

Jacques glitt zu Boden und begann zu erzählen, wie er als Straßburger Jugendlicher mehrmals von den *fliques* beim Dealen erwischt wurde und sich dann zur Fremdenlegion gemeldet hatte, um der Gefängnisstrafe zu entgehen. In der Algerischen Wüste hatte er dann die Hölle durchlebt und war schließlich desertiert, um nicht draufzugehen. Auf einem Tanker nach Südamerika hatte er angeheuert und war schließlich in Rio gelandet, von wo er sich den Amazonas entlang zu einer seiner Quellen im Peruanischen Hochland, nicht unweit des Titicacasees, durchgeschlagen und niedergelassen hatte. Dort hatte er eine Frau gefunden, hatte mit ihr einen kleinen Hof mit Lamas und Schweinen und Hühnern und gründete schließlich eine Familie. Drei Kinder schenkte sie ihm, meinte Jacques, den ich noch niemals so ernst erlebt hatte, und dass er sie sehr vermisste. Er hatte nach Europa zurückkehren müssen, denn das Geld hatte hinten und vorne nicht gereicht und das Leben im peruanischen Hochland wäre rau und mühsam und trübselig.

Da verließ er seine Familie, um sie von Europa aus mit Hilfe von Drogengeschäften zu unterstützen. Ich wäre sein bester Kunde, sagte er, und er wäre mir tausendmal dankbar, dass ich ihn und seine Familie vor dem Hunger bewahrte. Dass ich das nicht aus Nächstenliebe tat, sondern weil ich süchtig war, erwähnte ich in diesem Moment nicht und ich war sicher, er wusste es selbst. Nichtsdestotrotz glaubte ich kein Sterbenswörtchen von seiner Geschichte und schlief darüber in Gedanken versunken ein.

Als ich kurz darauf wiedererwachte, war Jacques verschwunden. Nachdem sich mein Körper etwas erholt hatte, trank ich Wasser, direkt vom Hahn, denn die Gläser waren alle unannehmbar schmutzig. Ein Hund kam angewedelt und schmiegte sich an mich. Ich streichelte ihn. Irgendwie fühlte ich mich gereinigt, wie nach einer Entschlackungskur.

Ich hörte Lachen aus einem weiter entfernten Zimmer. Da fiel mir auf, dass ich bisher Roland, den Gastgeber, noch nicht begrüßt hatte.

Nakamura saß noch immer, wie zuvor, auf der Couch und schlief nun. Oder war er tot? Ich beneidete ihn um seine Ruhe. Ich irrte durch die Wohnung, fand eine steile Stiege, die ich hochkletterte. Meine nackten Füße waren kalt. Auf der einen Seite befand sich ein Balkon, auf der anderen eine geschlossene Tür. Hinter dieser Tür fand ich Roland mit Jacques vor dem Computer sitzend.

Hallo mein Freund, ich hab' schon gehört, du hast die Eichels vertrieben, lachte er, ohne mich anzusehen. *Aber wir haben noch Glück gehabt! Stell Dir vor, seine Frau hüpft nackt herum – nicht auszudenken, welche sensiblen Seelen da zugrunde gingen!,* meinte Roland grinsend. Heute war sein erster Tag als Frührentner, weshalb er zu dieser kleinen Party geladen hatte, die nun so gut wie vorbei war. Überall lagen Bücher verstreut, aber das war nun einmal so als ehemaliger Lehrer und angehender Schriftsteller.

Komm doch, Jacques zeigt mir gerade seine neuesten Funde aus dem Internet, und als ich näherkam und auf den Computerbildschirm blickte, sah ich, wie eine junge Frau, die mir irgendwie bekannt vorkam, unter ein strammes Pferd kroch. Den Rest des Filmes mied ich, die beiden anderen johlten und lachten.

Ich fühlte eine unendliche Traurigkeit, gepaart mit einem Ekel, einem Widerwillen vor der Welt, den Menschen, der Dummheit und Gemeinheit. Ich fühlte – es war das erste starke Gefühl seit langer Zeit, und es überwältigte mich.

Ich drehte mich um und lief los. Aus der Wohnung stürzend, ließ ich alles zurück.

Nur weg hier!, schoss es mir durch den Kopf, lief die Stiegen hinunter, raus aus dem Haus auf die Straße. Kalt biss sich die Luft durch meine Lunge, als ich die Straße entlanglief. Dieses Gefühl von Ekel! Es trieb mich an! Dass ich barfuß war, schien mir in diesem Moment egal zu sein. Einfach nur weg von hier! Schneller wollte ich werden, rannte über die Kreuzung, durchquerte einen Park, weiter in Richtung meines Wohnhauses, das mir so weit weg vorkam, bis ich es dann aber doch erblickte und keuchend davor stehen blieb. Das Herz schlug mir gegen die Brust, als wolle es heraus.

Nein, es wollte tatsächlich heraus, mein Herz, versuchte meine Brust zu zertrümmern! Es tat verdammt weh und meine Beine gaben nach. Jemand schien mich zu erstechen, doch es war mein Herz, das sich gegen mich wandte! Während ich zu Boden ging, versuchte ich zu schreien (wahrscheinlich war es nur ein lautloses Gurgeln gewesen): *Penicillin, nur kein Penicillin!* Ob mich jemand hörte, wusste ich nicht. *Nur kein Penicillin, kein Penicillin,* wiederholte ich, *nur kein Penicillin!* Und murmelte es ununterbrochen, die eingetrichterte Angst vor dem Penicillin war wie die Angst vor dem Aufschlag beim Fall in den Abgrund.

Jemand griff nach meiner Hand, doch sie rutschte weg.

Sie ist es!, dachte ich. *Du bist es und rettest mich!*

Warum hast du nicht früher gesagt, dass es jemand Neuen in deinem Leben gibt?

Ich habe dich so oft gefragt, du hast es immer abgestritten.

Aber es war sowieso unglaubwürdig – gäbe es sonst einen Grund, mich wie den letzten Dreck zu behandeln? Mich los werden zu wollen? Du interessierst dich doch nur für dich selbst! Wenn ich zu Weihnachten vorschlug, dass wir lieber unser Geld an bedürftige Kinder spenden, dann gab es ein Drama darüber, dass du Arme kein Geschenk bekommst! Aber aus Dummheit habe ich dir dann das beste Geschenk überhaupt gemacht – nur um dich wieder glücklich zu sehen! Aber es war ein Fehler gewesen, wie ich jetzt feststellen muss, ein hundsgemeiner Fehler!

Du bringst mich dazu, den ganzen Tag nur zu heulen und mich schlecht zu fühlen! Du bildest dir ein, du hättest noch so viel Macht über mich, doch das stimmt nicht. Würdest du mir etwas sagen, mich etwas bitten oder eine Antwort fordern, ich machte bestimmt nur das Gegenteil von dem, was du von mir verlangst. Mein Trotz hilft mir aber auch nicht weiter. Auch nicht mein Ärger oder meine Enttäuschung.

Heute hast du mich gefragt, ob ich Drogen nähme, denn wenn man das offiziell herausfände, würde ich mein Kind nicht mehr sehen können.

Bitte, lieber Gott, lass mich dich vergessen. Lass mich dich zumindest nicht mehr so sehr hassen. Ich wünsche mir so sehr, endlich dir gegenüber gleichgültig zu werden – dir nur mehr mit einem Achselzucken zu begegnen.

Unserem Kind würde es ohne dich besser gehen! Die ganze Welt wäre ein schönerer Ort ohne dich!

Alle sagen sie mir, die Zeit heilt alle Wunden. Ich solle die Traurigkeit zulassen. Mir meiner Schuld bewusstwerden. Ich solle verzeihen! – Nein, verzeihen kann ich dir niemals! Das ist unmöglich, dieses Szenario ist unvorstellbar! Denn es geht, wie ich schon gesagt habe, nicht nur um mich, sondern auch um das Wohl meines Kindes, dessen Leben du im Begriff bist, zu zerstören.

Das werde ich niemals zulassen!

Nun war diese Szene schon viele Jahre her und ich darf mein Kind nur zu Weihnachten sehen, unter Aufsicht. Es kennt mich nicht. Ich wäre kein Umgang, nehme Drogen und bin Alkoholiker. Und ich sehe es ein: es ist besser, wenn mein Kind mich nicht so sieht. Wie kann ich jemandem meinen beschämenden Zustand glaubhaft machen? Mir fällt es schon bei den Ärzten schwer, wie soll es ein Kind begreifen?

Ich kenne mein Kind nicht, und es kennt mich nicht. Es hat auch nicht das Bedürfnis, mich kennenzulernen. Es sagt zu einem Fremden *Papa*. Das heißt, für mich ist er fremd, für ihn ist er sein Vater.

Vor Jahren wäre ich Amok gelaufen, hörte ich dieses *Papa*, das einem Fremden galt. Jetzt muss ich einsehen, dass ich selbst alles zerstört habe.

Alles liegt in Trümmern. Man muss den Platz räumen und neu errichten.

Aber woher die Kraft nehmen?

In den Trümmern meiner Vergangenheit liege ich und brauche Hilfe.

Als ich am nächsten Morgen in meinem Bett erwachte, hatte ich keine Ahnung, wie ich dorthin gelangt war. Auch an meine Flucht durch die Stadt erinnerte ich mich nur wie durch einen Nebel. Ich war mir nicht mehr sicher, ob es tatsächlich passiert war. Schließlich war es egal, ich war hier! Allein das zählte.

Doch dann bemerkte ich den Schmerz in meiner Brust und den Schlauch in meinem Mund. Ich lag nicht in meinem Bett, sondern in einem unbekannten weißen Raum, dem als Logo nur ein angebissener Apfel fehlte. Alles war anders, auf meinem Nachtkästchen lag ein Stein.

Eine Krankenschwester kam herein, grüßte, verschwand und ich schlief wieder ein.

Irgendwann schrak ich von einem Knall hoch: ein Kind – mein Kind? – stand vor mir. Ich erkannte es nicht und es sagte nichts, starrte mich nur an, nahm den Stein von meinem Nachtkästchen und ließ dafür einen Löwenzahn zurück. Dann lief es davon. Ich wollte es daran hindern, doch ich war viel zu schwach, um mich zu bewegen und ich fiel wieder in die weiche Bewusstlosigkeit.

Als ich das nächste Mal die Augen öffnete, stand eine Frau vor mir.

Erkennst du mich?, fragte sie und ich nickte.

Wie geht es dir?

Ich sah weg, aus dem Fenster. Sie war wie ein böser Geist, der nicht verschwinden wollte, mich selbst bis in den Tod verfolgte.

Ich war zu schwach, um nach Hilfe zu rufen und beschloss, die Augen zu schließen, bis der Spuk vorbei war.

Ich hab' dir ein Buch mitgebracht, sagte sie lächelnd und streichelte mir über die Wange.

Du sagtest, eines Tages werde ich verstehen, eines Tages wird sich alles von selbst auflösen.

Du hattest Recht gehabt, ich muss es mir eingestehen.

Bitte komm nicht mehr!, bat ich leise, ohne sie dabei anzusehen.

Als sie mit unserem Kind trotzdem wiederkam, war mein Bett leer.

Und frisch gemacht.

ChrisAdel.com

www.ingramcontent.com/pod-product-compliance
Lightning Source LLC
La Vergne TN
LVHW091837190726
843491LV00002BA/676